U0018605

陳玉慧

我不喜歡溫柔

（因為溫柔排除了激情的可能）

我擁有這份真實，同樣的，真實擁有我。
我過去正確，我現在正確，我永遠正確。

——卡繆《異鄉人》

他發覺人們在痛苦中建立快樂，
在悲慟中尋求餘歡，
在創傷之餘露出了自我安慰的微笑。

——赫曼．赫塞《漂泊的靈魂》

我根本不知道要往哪裡去。

——沙林傑《麥田捕手》

我希望永遠保留的是我的所愛。
這些都是屬於我自己的，與別人無關。

——莒哈絲《寫作》

我不能僅靠幸福與愛情度日。

——西蒙波娃《越洋情書》

Mémoires
jeune

我們幸運極了，
不確知自己活在什麼樣的世界。

——辛波絲卡《我們幸運極了》

我不喜歡溫柔

（因為溫柔排除了激情的可能）

有一天在台北新生南路和一位朋友擁別，他說，你既未真心吻頰，也未擁抱，身體僵硬。那時，我心裡有心事，擁別時我想，也許我很久不會再看到他了，我並不住這裡，他也並不住那裡。或許我的身體在這裡，但心卻不在。朋友說，你一點都不溫柔，你一點都不溫柔。

是啊，我並不溫柔。我很驚訝他怎麼多年後才發現。我不喜溫柔，尤其厭惡故做溫柔。

我同意莒哈絲，情感的本質相當粗暴。溫柔只是形式的要求，柔情只是一種寬容姿態，溫柔排除了激情的可能，溫柔只能讓你期待，但不能讓你投入。溫柔只可能出自少數的女性，就像優雅，只有少數女性才有全然的優雅，才有那種無條件不要求回報的愛，只有少數母親。

我多麼渴望優雅溫柔的母性，而我並沒有那樣的母愛。我的心從來跑到宇宙或人世一些角落裡好奇張望，而我的肉體卻在受苦。我不是獵人，也不戀家，就像遊牧民族逐水草而居，慢慢地學習明白造物主的旨意，以及尋覓水源，但我逐漸知悉的只是：所有的真理都不是真理，除非我自己活過。

我逐漸明白：沒有絕對真理，只有相對真理，也沒有真相，只有接近真相或不接近真相。我不可能像神那樣地活，更不可能像人說的神要我們那樣地活。

寫作也是一樣，我也不喜歡溫柔的文字，不喜歡過多的潤飾，我喜歡的是簡潔直接乾淨有力的文字，幾乎極簡，我喜歡純粹的情感表達，我常常不願意在文字上增添，更不要華而無當，我以為華麗的詞藻只會使話說不清楚，使主題陷入文字的迷宮，而我只想把話說清楚，把故事敘述得更動人，或者評論時更直接進入要害。

我認為最淺的文字其實傳達的意思更深。我可能夠謙虛坦白，也很有同情心，我會說謊，但我不做作。

在文字上誤會我的人，可能就真的誤會了我，反之亦然。我可能有點懶得說，因為從來只對心靈深度凝視感興趣，而所學所聞又太廣泛，乃至於別人也驚訝那些文字都是出自一個人，我在不同領域不同的學科不同文化和不同的語言裡翻轉打滾，我總是整理分析清楚後才把話講出來，我喜歡主觀的喃喃自語，但也喜歡準確而客觀的寫，很多時候我確實認為不需多言。切入主題，切入主題，讓人物說話吧，別說教，且無論是誰無論寫什麼都沒必要賣弄文字。就算你是湯瑪斯曼。

幾年前有一次和兒時朋友爭執，那是無謂的話題，從前我們都已談論無數次了，那些年還在談。她說，終生只會為自己一人而寫。而我不可能為自己而寫。那次談話後，我確知，為誰而寫並不重要，而是寫作者的內在聲音和語調，寫作是自己內心的發聲，我一向是懷疑論者，又是無政府思想，文字和語調帶有那麼些疑神和堅持個人自由的調調，我一直和自己對話，我後來和別人對話，但有一天，我很想和神說話。

我仍然不知道是哪個神。我不夠靠近神，但靠近神時，我只有恍惚，也不溫柔。神是溫柔的嗎？我也想過。神是絕情的嗎？無所不知？包括我的疑神嗎？

我書中收集的是過去十年，甚至更長，所為報章雜誌寫的散文。那些文章在不同時空下而寫，往往都是應編輯要求，並沒有主觀的意願，但寫時全神貫注，為別人寫，為編輯，為讀者，為自己。在寫別人時，總覺得在寫自己，如莒哈絲，如胡耶勒．貝克，如他這樣的人，像她那樣的書，我整理我對別人的看法，其實是整理自己的思想。有幾篇年代久遠，重讀時發現那些文章與目前的立場並無衝突，收編進來，加註了下筆時間。

因為此書最初的出始是來自編輯的動力，因此並沒有一定的主題，如果有的話，說的便是寫作與人生，我對寫作和人生的看法在這十年中觀感有了不同，而這個進展是與戲劇和新聞工作帶給我的進展完全不同。

因為持續地寫作，我已明白，我打算繼續寫作。寫作讓我回家，寫作讓我獨處，讓我從容，寫作讓我自在。

我比過去自在從容，但我不溫柔。

壹 寂靜無聲

一切都沒有發生，生活回歸空無的原狀。

貳 真相的房間

他的生命真相便在這間房間裡，
這間房間坐著暗啞沉默的母親，貧窮無知如枯萎的茉莉花環……

C O N T E N T S

參 愛上心理學

我在找一個懂得愛的人，一個不會處罰別人，或將感情關係變成牢獄，甚至使人枯竭的人……

壹 寂靜無聲

一切都沒有發生，生活回歸 空無的原狀。

奧立佛・薩克斯的書房

那是兩年前一個春天的下午，我坐在奧立佛・薩克斯的書房裡和他談話。那是紐約的City Island的靠海平房，毫不起眼的一棟，走過去時不會想到這裡住了一個作家，他夏天就從曼哈頓對岸的醫院游到這裡來寫作。

當初他便是穿著泳褲在島上散步，看到這棟房子貼著房屋出售的招貼，他立刻走了進去，半小時之後，他訂下這棟房子，從此成爲他的書房。「因爲那些馬蹄蟹吧，」奧立佛・薩克斯說，「在島邊游泳時，牠們總是陪著我。」他經常游泳，有時繞著曼哈頓一圈，有時大半天都游著，海水是他另一張書桌。

我從來沒對任何人那麼好奇，尤其是作家，但是奧立佛・薩克斯卻是個例外，我讀過他幾本書，對他描述的腦科病人故事深感興趣。我常常想知道，他是怎麼樣的作家，以及，他是怎麼樣的醫生，他有什麼樣的神祕之腦。我很意外他讓我進入他的書房，我可不一定願意陌生人進入我的書房。

樓上有兩間房間，一是臥房，一是書房，他的書桌簡單，面對窗，背對門，除了書桌，他有一大型影印機器，每當談起重要的書，他便站起來複印，像社區的義工那麼理所當然。我坐在他樓上的書房裡，看不到他任何收藏，除了太多書，他的書房看起來像一個中學生樸素的房間，沒有陳設，沒有裝飾。

樓下的客廳裡也都是書，角落裡一架三角鋼琴，「是父母留給我的。」他把他爲我泡的立頓袋茶放在鋼琴上，他就站在大鋼琴前說話，多半都在談書，一本接一本，他不斷地搬出不同的書冊佐證，我將書名一一抄下，開始心虛自己的書讀得如此少，講話不自主開始打結。大部分時間我都在聽他說話，最後他提起兩本談毒藥和迷幻劑的書，我想問他是否暇時彈彈鋼琴，但我終於沒問。這個房子可能從來不歡迎訪客，沒有電視，沒有大的餐桌，沒有舒服的椅子，沒有休閒的氣氛，我很快便萌生退去的念頭，我已明白，在這棟房子只能寫作，除此無他。

他並不是一個親切友善的人，我想他不是，看得出來他並不喜歡人，他怯生且不耐煩，我們交談時，有慕名者打電話來，他立刻追問：「誰給你這個電話號碼？」使得對方馬上掛上電話。有人告訴我，他幾乎沒有什麼朋友，除了他的病人。他和他的病人幾乎相依爲命，比家人還親。

他坐在樓上的房間裡說起他的童年，二次世界大戰發生時，他被家人送至英國北安頓的一家寄宿學校，學校的校監幾乎以處罰學生爲樂，他激動氣憤之餘，從此只對與人無關的事情感到興趣。我想他指的是植物或大腦。

如果不是因爲他提起他的童年，那天下午我大約不會明白，在《色盲島》上，他爲什麼會對一株奇怪的棕櫚樹感動莫名，以及他除了腦科醫生的工作和寫作之外，喜歡到荒島旅行。他喜歡的是像「侏羅紀公園」那樣的地方，所以他到南海的米克內西亞島，但卻從此展開了一個重要的心靈之旅，他說，《色盲島》是他與自己對話的紀錄。

如果不是那個下午，我大約也不會明白，爲什麼他擺在床頭的書是理查·羅德的《笑死病》。在蠻荒的新幾內亞，蔓延一種類似瘋牛症的「笑死症」的病菌，因爲死亡太多，食人族無力埋葬，所以與親友見面時，以說「我吃你」代替「你好」來問候彼此。

兩年後的現在，我回憶他的書房，我曾經在他的書房裡看到他的靈魂。我稍稍明白，他所嚮往那種蠻荒時期的原始古老，那種叫deep time的感受，與宇宙自然合一的感受。是的，他是一個活在deep time的單身漢，他是少數具有deep time氣質的醫生與作家。

夢想焚燒時寂靜無聲

德國新銳作家群中，尤荻特．赫爾曼的作品最少，但卻最受到重視。尤荻特．赫爾曼寫得很少，極乎太少。有一年，她整年在艾伯河邊寫作，菸抽個不停，此外便是喝茶，一壺接一壺，也喝個不停。那一年，她共寫了九個短篇，那就是《夏之屋，再說吧》。

那是一九九七年，尤荻特．赫爾曼（Judith Hermann）那時二十七歲，曾任女侍者及電台記者，在紐約新聞學院讀過書，那年，她獲得德國政府一項獎學金，得以在葛拉斯也住過的艾伯河畔別墅裡寫作。她在那裡住了一年，每天上午八點起床，十點坐在書桌前開始寫，中午一點走去河邊散步，下午繼續寫。整整一年，她什麼都沒做，就是寫。

隔年，《夏之屋，再說吧》出版了。那是她的第一本書。

她沒想到那本書卻是空前轟動，先是德國文壇「祭酒」海尼斯基發表重量級談話，「德國有了一個全新的作家，她的名字叫尤荻特·赫爾曼，前途無可限量。」說話的人是葛拉斯的冤家，他曾批評諾貝爾得主的作品除了《錫鼓》外一文不值，卻把赫爾曼的文學位置提高至彼得·韓克特旁邊。然後，另一位著名文學評論家卡夏哈克也不甘示弱地開講了，「這本書不容忽視，」他說時還摘下老花眼鏡，拿出手帕擦拭，「是德國新一代之聲。」

赫爾曼的短篇小說最吸引人的地方應該是文字，她的文字簡潔，造句直接節省，一字不多也不少，精準客觀，幾乎毫無感情，她以第三者的聲音敘述，口吻偶爾不小心淪爲感傷但也許更帶了那麼一點嘲弄。

她極其虛無，卻自然地活在當下，她的小說人物都沒有具體人生目標，搖擺在現實生活之流，無法做成決定，或老是做錯決定，總是有糾纏不清的人生主題，對失去和遺忘感到害怕及恐懼時光消逝，逃難，躲避，人際關係的困難，疏遠與隔絕，生命有一個既輕浮同時又惘惘威脅的面目。

那段時間，《夏之屋，再說吧》每天可以賣五百本，在德國這算是暢銷書，赫爾曼搭火車在境內到處演講，她說：「小說創作和新聞寫作是全然不同的兩件事。」若一定要相提並論，新聞寫作對她的小說創作影響便在於釐清「重點的陳述」。此外，她在廣播公司的新聞採訪與文字媒體的報導有所不同，廣播的要領是讓當事人自己說話，她成爲媒介或串聯內容的人。但是她再三強調，新聞與小說眞的是無關的兩回事。

回到文學，她是雷蒙・卡佛（Raymond Carver）的信徒，當然也讀過卡波提和海明威，鍾愛德國作家湯瑪斯曼及女作家卡許內茲（Marie Luise Kaschnitz）。她啃讀卡佛所有的短篇，那是她的寫作學校，她也自承，因爲讀過他的書，所以才開始寫，她並且也跟他一樣有那種極簡風格，相較於他，她的書寫則更爲散文化。

赫爾曼描繪的人物多半是九〇年代的德國都會人，年紀三十多歲，職業多半與藝術有關，喜歡聽 Glenn Gould 或 Polly Jane Harvey，會出席展覽的開幕酒會之類的活動，有時喝酒抽大麻和食用迷幻藥，他們話都說得不多，眞的不多，一定要說時聲音也那麼細微，而房間是暗的，天空總是灰的，人物都有點疲倦（僅僅活著就夠累了），所到之處都下著雪。那些人可能大部分是東柏林龐斯勞爾柏格區的ＢＢ族，但也有憂鬱蒼白、無法愛人的旅俄祖母、靠扶椅才能走動卻能把藏在死角的菸酒全找出來的外婆，寄居紐約廉價旅舍爲時光流逝扼腕卻不敢輕言感情的老男子……

跟卡佛一樣，赫爾曼的短篇故事通常截取人物日常生活中一個片段，像放大鏡般清晰地呈現細節及戲劇張力，故事沒有開始也沒有結束，線索交錯，但作者從旁做看似不經心的敘述，語氣中性甚至乾燥，反而提供了更寬廣的想像空間，更能形成故事情節的懸疑。

典型的例子便是〈某種事務的終結〉，蘇菲在荷姆后茲廣場的一間咖啡館內向女服務生訴說她外祖母的故事，作者在這裡選擇的場景及敘述時間非常巧妙，它允許了過去與現在的對照，蘇菲在冬天的雨夜，縮著身子，雙手抱著咖啡杯取暖，「表情冷漠，有著距離」，那其實是作者寫作的態度，些許憂鬱，些許冷調，與小說人物刻意保持一定距離。正因敘述者的冷漠及離距，反而留下激起讀者熱情的可能。

赫爾曼與其同代年輕德語作家一樣深受英美文學影響，但她不像克爾赫特

（Christian Kracht）遊走在眾多種族文化之間，注重日常生活的美學和事物風格，小說人物不但對政治冷感，對人生冷漠無情、唯一重視的是追求享受。赫爾曼也遠離酷愛以次文化爲題的海納・哥茲（Rainald Goetz），後者作品充斥諸如俱樂部放縱的夜生活、Techno-Sound、性及暴力甚至毒品的使用等內容，全力捍衛享樂文化與個人自由。在哥茲的作品中，個人與社會是對立的，寫作者對後冷戰時期的父權政治及社會文化的表面現象提出嘲弄，對流行文化十分醉心，認爲文學可能沒有必要深入下去，「因爲這是快速流通的消費與資訊時代。」

赫爾曼顯然與同代男性作家截然不同。因爲住在柏林中心區（Mitte）使她關注的主題必然不同：柏林共和國、雙城、國家統一、合併與消失……這個獨特無二的城市經驗提供一個讓她演繹文化衝突的可能，甚至城／鄉及國／亡國的對照或者政治的未知與轉化，社會的隔裂與分離。

赫爾曼的主題還包括陌生與空虛之感。她總是關懷一些無法掌握自己命運的人，夢想與幻滅，那些人物的生活動機不明，通常對自己的未來渾然不覺，選擇自由和簡單的生活方式，有時就像阿米巴變形蟲，有愛固好，沒有也可以活下去，他們無家，只有「家的替代」，多半幾個意氣相投的人聚在一起，或住在一起，不決定也不等待，早已揚棄性與道德的議題，對人生沒有要求也沒有責任。

〈夏之屋，再說吧〉無疑是其中最好的一篇。史坦夢想在東柏林鄉間買一棟大宅第，一棟戰前蓋給有錢人住的夏屋，他的夢想和很多人一樣，擁有一個自己的家，或者，一個家的替代品——「共同住宅」（Wohngemeinschaft），那便是鄉愁，那可能也是某種對共產時代的鄉愁，但更可能是留給未來的生活藉口。德國統一後，德東有許多那樣的殘垣破壁，也許是德西遺棄了德東，也許德東人也仇恨德西人帶來的城市文化，他們的生存空間急劇消失，而文化已不復存在。敘述者的聲音平鋪直敘，幾乎有點平淡，所描述的生活如此空洞，毫無內容，沒有心腸，而時間一點一滴地消失，什麼都沒發生，在故事中，她不知道史坦愛她，而他在建構一個虛無的夢，故事結局是他等不到他要等的人，他等待的人根本不知道他爲她買了那棟隨時可能會倒塌的「夏屋」，當敘述者在家中攤開史坦最後的來信時，她正躺在另一個男人身邊，她才知道：史坦放火將夏屋燒了。一切都沒有發生，生活回歸空無的原狀。

另一個例子是〈松蘿〉。一名男畫家，作者使用第一人稱，一個年輕男人的聲音在不同的時空下敘述著，他活在兩個女人之間，不做選擇也不做決定，任憑生活的繼續，直到有一天，「松蘿」這個女人完全消失爲止，他才明白自己可能眞正愛的人是她。值得注意的並不是故事情節，透過作者旁觀的敘述，更能突出故事的格局以及意喻，兩個女人，兩個城市，德國的統一……松蘿是柔韌的，但是指的並不是身體……

〈颶風〉的風格則令人想起海明威，簡短扼要，使用省略句或意在言外的句子，鋪述一個等待的張力，在島上等待著颶風的來臨。故事人物陷入隔絕狀態，他們有著自己的時間表，生活動機不但不明，且又各自不同，玩著「想像其他生活」的遊戲，他們不但在玩那樣的遊戲，並且本身便活在那樣的遊戲中，只能「想像其他生活」，即便在逃難的狀態，故事人物的生活平行沒有交集，也不必做出任何決定，事實上，也無能做出決定。生活總是在周圍繞著不重要的人生細節打轉，而其實，在生活周圍外打轉很可能便是眞實人生。

赫爾曼以重複、詩意的語法編織一個個乍看平凡無奇的故事，並以不明確的生活動機來結構故事，人物無論經歷悲劇與否，性格都簡單不複雜，所呈現的生活片段凝聚而成的便是德國現代社會的面貌，一只文學的萬花筒，精采，有著各種可能性。尤荻特．赫爾曼的《夏之屋，再說吧》耐人尋味，值得仔細閱讀。

再談赫爾曼

這個年代誰都很服膺張愛玲的教條，出名當然要趁早，這裡卻有一個人不這麼認爲，她是德國新銳作家尤荻特・赫爾曼。

事實上，赫爾曼被一夜成名這件事嚇壞了，不但夜夜失眠，從此還不敢下筆。五年前，二十七歲的她寫了一本短篇小說集《夏之屋，再說吧》，立刻被譽爲德國前途最不可限量的作家，書在短時間內大賣了五十萬本，德國文壇好評不斷，她還獲得多項境內文學大獎，也因此踏上火車和飛機，一場一場的朗誦會和簽名會，有多少次她回答千篇一律的讀者的問題，那可能是「請問您是如何培養靈感」或者「您爲什麼要寫作」等等的問題，有多少次尤荻特・赫爾曼站在旅館的窗前這麼想：我眞的寫得這麼好嗎？

尤荻特・赫爾曼大鼻子薄唇，祖先可能是俄國人也不一定，她喜歡唱歌，曾任侍者和記者，但對記者工作毫不戀眷，她說：「不做好像也不會損失什麼。」五年間，她除了到處演講外，並獲得兩項文學獎助，一次是到南德，去了以後沒寫什麼，倒是不小心懷了孕；另一次是到冰島，她喜歡寒帶性氣候，也非常喜歡冰島，只是把兒子寄放在父親家，太想念兒子也無法寫作。

成名後那幾年眞是她最糟的幾年，她現在回想，非常後悔自己那麼成名，那麼快，快到有時都覺得自己像個騙子。常常有人對她說，妳知道嗎，妳長得眞像尤荻特・赫爾曼。她知道，她已經是尤荻特・赫爾曼了，她唯一要做的便是再寫一本跟尤荻特・赫爾曼一樣的書。她有一點擔心再也寫不出來了，她的朋友安慰她說，幹嘛再寫給自己找麻煩呢，就讓人們只記得那本書就好了。她不同意，不，她要證明自己還能再寫。她想她必須寫，不然怎麼活下去呢。還有，那麼久沒寫，很多人還以爲她死了。

她寫了。第二本書也是短篇小說集。題目叫「見鬼」（Nichts als Gespenster），題材還是她所拿手的愛情小說，只是這些人不再住在柏林，而到處在旅行，去了布拉格馬倫巴巴黎威尼斯或內華達，可能因爲移動的人更容易錯失，更無法把握良機。故事寫得比以前長一點，語調仍然保留，敘述的語氣仍然那麼輕微，彷彿主人翁怕引起什麼驚動，他們總是輕聲說話，滿腹心思。尤荻特・赫爾曼曾經拜師雷蒙・卡佛，只是雷蒙・卡佛已經死了他並不知道。但是她抓得住大師的重點，留白，留白太重要了，你刻意不說的才會引起好奇，她全學會，而且她還有一手好文筆，娓娓道來，十分生動，她是尤荻特・赫爾曼，她有尤荻特・赫爾曼的那種冷調風格。

書剛剛才寫完，最近才要問市。問她擔不擔心輿論。擔心，當然擔心，因爲出版界幾度表示過，多年來還沒有一本書像她的書那麼被期待，許多人等著要買。「我知道成功雖不能帶來快樂，但是失敗或乏人問津應該更會帶來更不快樂」，她還這麼說。不過，還好，上一本書的大大成名使她經歷過一場自信的洗禮，她已經想過很多遍了，不管如何，她都還是她自己。

她還想過，快樂是什麼？快樂便是活在每個看起來像過渡性質的時刻裡，並試著讓自己好一點。這一點她在小說中也試著要告訴讀者。她現在比五年前更容易做到了。此外，還有一種幸福在等待她，一個孩子在房間裡時時刻刻等她回來。

語調對了，一切都對了。

對中國文化有興趣的法國總統席哈克多年前便是他的忠實讀者，見面時，總統都叫他程教授。自從總統讀過《天一言》（*Le dit de Tianyi*）後，驚為天人，從此改叫他「大師」（maître）。在法國，大師並不隨便稱呼，那是對有創造力的藝術家或思想家的尊稱，就像戴高樂景仰沙特，他一生只稱呼過沙特為「大師」。

而法國文化評論家亞舒林（Pierre Assouline）則加給他一個更高的頭銜──「美學部長」（Ministre du Beau），簡單說法是美的闡釋人。像亞舒林這樣的人認為，歐洲十七世紀以來的藝術和文學存在一種美的典範，到了二十世紀後蕩然不再；而中國傳統文化中的宇宙觀是另一種原生創造之美，當然到近代也不復存在。程抱一精通東西傳統文化，應能客觀地總結兩大傳統對美的思考和提升。

讀過程抱一的《天一言》，對他探尋及質問生命奧祕的態度感到震驚，他如此執著，幾乎像普魯斯特，穿過對生命回憶，透過二男一女的愛情及友情溯往，不但對大自然之美，也對女性美有獨特的描繪和闡述，雖然絕大部分是作者的喃喃獨白，那些獨白充滿了對生命及美的嚮往，普魯斯特對幸福若有一種盲目的信仰，他則對美有一種近乎捨命般的堅持。在訪談中向程抱一提出這樣的看法，但他回答，普魯斯特基本上對生命感到悲觀，而「中國人」因民族性使然，不管到了什麼絕境，很多人對生命都還保持一種天眞的信心，這是西方人無法理解的生命態度。他指的是像文革時代劉小峰和綠原那樣的人。

我感覺到《天一言》不但是爲他自己而寫，也爲那些人而寫。作者描繪中國歷史上最動盪不安的年代，像班雅明所說的「俯身於時代災難之上」，一些人物經歷時代的悲劇卻仍然對生命懷抱信心及無盡想望，程抱一自己便是俯身於歷史之上的天使，對受苦的魂靈憐憫有之，而《天一言》小說人物全具有殉難者的形象，彷彿頭上都發出聖光（Aura），但是，他也更正，那並不是與生俱來，是外在因素所促成，「那是命運照耀出來的光芒」，他強調，像天一這樣的人，其實只是邊緣性的人物。

程抱一除了早年在巴黎幾所大學教學，也以詩作著名，詩人雖是理想主義者，但像里爾克一樣，寫作不但見證，並且觸及生命底層，而「眞正的美強烈而痛苦，令人難受」。十四、五歲啓蒙時期的程抱一除了對大自然及女性美感到悸動，也因藝術之美而震撼，彷彿像少年的荷德林被阿波羅之美所襲倒，美只能承受卻無法承擔。

程抱一今年七十三歲，一九四九年來到巴黎後，從此在這裡定居。雖已娶妻生子，但他自承「一生都被女性美所干擾」，程抱一所說的便是歌德宣稱向我們牽引的「永恆女性」形象（das ewig Weibliche），他爲此創作，正像莫札特因女性美有感而發作曲詠嘆調。「世間最美的東西便是女性的優雅（grace）」，他一生追求這神祕之美，早年也因此而「狼狽不堪」，一直因誘惑而痛苦，但到了晚年，對女人只有「憐情」（compassion），通過與許多女性讀者的信件往來，而得以進入她們的內心世界。

婉轉地問起詩人如何看待佛洛依德的戀母癖說，他回答：「佛洛依德女性黑大陸（Black Continent）的說法錯了。」女性的靈魂無法探測，戀母雖有可能，但也無所謂，這是生命使然，而且「大師」也理所當然，「若沒有貝雅提絲，但丁不會寫《神曲》。」

儘管程抱一在法國詩界鼎鼎大名，而以法文寫作而成的學術著作在法國文化界也擲地有聲，但《天一言》小說造成轟動，大大出乎他的意料，他說：「當初出版社也不知道我會寫小說。」他沒想到《天一言》會在追求心靈共鳴的讀者中引起迴響，一版再版，甚至得到法蘭西文學院及費米娜文學獎，「我本來以為會是一本像遺囑性質的書，只想傳給後人閱讀」，寫了七、八年，其中寫到一半甚至停筆，因為「對自己完全沒有信心」。

停筆之後，詩人欲罷不能，從第三人稱改以第一人稱書寫，沒想到一氣呵成，寫得出奇地順，他找到了發自靈魂的聲音，「語調對了，一切都對了。」至於為什麼以法文寫作，那是文字使然，以中文寫作感情描繪不會那麼細膩，法語的節奏性強，適合朗誦，那也是因為經過十七、八世紀的沙龍時代，法語達到一種絕對的情境。用法文寫，觀照上便有適當的距離，且法文的分析感強，寫作對他像「從泥淖中爬出來，必須想盡辦法把句子說清楚」。

因寫 *Kipling's Phrase* 出名的克勞德華，在那個發生在印度與英國的小說裡強調「東方與西方永遠不會融合」，而讀完《天一言》，克勞德華主動寫了一封信給程抱一，克勞德華表示自己錯了，程抱一讓他看到東西文化的交流融合與相輔相成。

現在，程抱一不但將出版第二本法文小說《此情可待》，且正在動筆第三本作品，那將是日記體，「到了晚年，決定寫日記」。他習於法文創作，《此情可待》故事發生在東西文化接觸之初的明末，而日記體是他的懺情錄。

人人都是荒野之狼

「每件事情的初始都是一個魔術，」赫塞曾經這麼寫，「它會保護我們，並且幫助我們活下去。」或者，他又這麼寫道：「神讓我們走入絕境，並不是要毀滅我們，而是要我們去發現內心裡的新希望。」這些名言警句目前廣泛在網路上流通，從漢堡到尼泊爾，從伊斯坦堡到洛杉磯。在歐陸，特別在德國，赫塞熱潮正在新世代蔓延。

「人人都是一匹荒野之狼」，赫塞迷散播的不只是赫塞的思維，德語青年甚至也開始模仿赫塞的文體。

赫塞於一八七七年出生於南德席瓦本小鎮卡爾勞（Claw），十三歲時便立志成爲詩人，一年後卻遵從父母心願考入莫爾布隆神學院。一度因精神衰弱而休學及就醫，並自行購槍企圖自殺未遂；爾後退學到書店見習並成爲機械工，被譏爲

「神學家的工人」，但寫作不輟，自費出版詩集頗受好評，一九〇四年發表《鄉愁》（*Peter Camenzind*）一書，奠定新銳作家地位。因政治思想與當時國內潮流迥異，並被納粹列入「不受歡迎的作家」，出走避難於瑞士，隨後入瑞士國籍。他於六十九歲那年獲得諾貝爾文學獎，與法國作家羅曼・羅蘭結為好友，終老於瑞士邊境的盧加諾湖區，於一九六二年去世。今年七月是赫塞一百二十五歲冥誕，瑞士和德國兩地都爭相為大文豪舉辦各式慶祝活動。

赫塞出生地卡爾勞今年夏天舉行盛大的「赫塞節」，將展出赫塞生平歷史，舉凡詩作、文稿、筆記及他在盧加諾湖區期間部分水彩寫生作品，尤其八月三日將邀以赫塞小說《荒野之狼》命名的美國搖滾樂團在小鎮表演，而德國蘇爾坎普出版社從今年起開始發刊赫塞全集。此外，在柏林、蘇黎世、蒙坦紐拉及布魯塞爾等地也有類似的活動。

這絕對不是赫塞的心願：他本人不但是暢銷作家、德語作家中最國際化的一位，也是被閱讀率最高的一位。一百年來，他的作品至少翻譯成六十種語文，出版至少一億本以上，還不包括盜印。二十七歲在柏林出版《鄉愁》後很快獲得好評，並獲得維也納書獎，那時他在給友人的信中便已提到：「我的創作形式似乎在坊間流行起來，但那絕非我所願見。」無論他願不願意，在他死後，每年赫塞的書都可以在德國境內賣出至少三萬五千本，許多現代新進作家幾年也賣不到三萬本，所以說一百年來赫塞都是暢銷作家一點也不為過。

赫塞的父親出生於波羅的海，是新教傳教士，曾前往印度傳教；母親出生於印度，也是詩人，其父為著名的印度學者。赫塞受到後面二位的啓發，與世界特別是東方文化發生密切關聯，他的《希達多王子》（中譯名《流浪者之歌》）影響了當代與後代無數人，不少歐洲名人都坦稱年輕時代受到該書的啓示，在面對人生之路的選擇時因之更為坦然，一些人更敬以「現代人的精神導師」一詞，近代媒體甚至以印度師派倫理叫法稱他是年輕人的宗師（Guru）。

不但是《希達多王子》，《德密安》（中譯名《徬徨少年時》）也影響了世界各地無數的青少年，書中描述少年成長中的危機，批判當時教育、神學制度及傳統和權威的禁箍，相當程度是作者自己痛苦生涯的寫照，《車輪下》（或譯《心靈的歸宿》）也是類似的心靈自傳。尤其《德密安》出版後，對第一次世界大戰戰敗後進入虛脫狀態的德國青年產生電殛般的刺激，影響至爲深遠。

爲什麼赫塞的書如此迷人？他的文筆簡潔、充滿詩意，語調直接眞實，他對大自然充滿熱情的禮讚，對失落天堂的堅持與追求，他行如流水的散文風格，直接不諱地書寫那發自內心的苦悶。他勇敢獨行永不妥協，一直是年輕人的心靈導航，年少的我也不例外。

以今天的眼光來看赫塞，他的確走在時代的前端。他在他的時代便對佛教文化深感興趣，並且稍通梵文；自幼是和平主義者，反對納粹的反猶政策。他對心理學也有涉獵，在盧加諾的歲月，與榮格進行過多年的心理治療，最後以寫作面對自己的童年創傷和憂鬱陰影，並且能將之訴諸成文，發出眞誠的內心吶喊，因此特別對追尋自我的年輕人能當頭棒喝。

赫塞是叛逆的、個人主義的，他永遠不會是走在人群中的一位，他只會自己一人去面對人生之路，他總是一個人走，他傾聽自我內心的聲音，並且孤獨地走過黑暗，走向希望。

麥田捕手遭家庭主婦攻擊

他今年已經七十九歲，一輩子只寫過一本長篇小說。但這本小說影響了幾乎半個世界，從五〇年代起，便被列爲青少年必讀的啓蒙書之一，美國大作家福克納說這本書是美國文學有史以來最重要的大師作品，包括美國影劇界名人如梅爾・吉勃遜、瑪丹娜等多人都宣稱這本書改變了他們的人生觀。這個人叫沙林傑（J. D. Salinger），這本小說則是《麥田捕手》。

沙林傑在五〇年代出版《麥》書後，立刻獲得排山倒海的聲響。他卻毫不爲所動，不但封筆不寫，還隱居起來，搬到美東新罕布什爾。沙林傑不再寫作，甚至什麼都不做了，不接受任何人的訪問，連鄰居都不打招呼。一九七三年他最後一次接到記者的電話騷擾，他只告訴對方：我如果寫什麼的話，也只爲自己一個人而寫。說完電話便給掛了。

心裡有個蝴蝶結

彭樹君◎小說　林怡芬◎插畫

進來的時候，她說，

讓回憶永遠停留在它最美的階段，是否就夠了？

進來的時候，她問，

是不是年輕時都會快樂而痛苦地狂戀一個人？

離開的時候，她們都輕輕關上了門，

留下溫柔的燈光，淡淡的咖啡香，

而那些說出口的秘密，給曾經受傷的心打開了一線希望……

喜歡擾人清靜的美國新聞媒體並未放過他，不斷有人報導他的現況，但沒有人知道實情，一切全是憑空臆測。譬如：文學大師現在過的是簡單的家居生活，除了看廉價的電視影集外，其他時間都在打坐。或者：他半年住在佛寺，另外半年住在精神病院。總之，沙林傑並不是「麥田捕手」，也不是那個逃離虛僞成人世界的叛逆少年荷頓。他是一心匿名隱居及靜養的老人，最後一位與他同居的女郎叫可琳．奧內爾，她顯然比他小至少五十歲，至少在今年六月，他們一起出外購物時，還被當地小報記者拍了一張合照。據長期在屋外祕密追查他行蹤的記者表示，沙林傑新罕布什爾住家的信箱不但沒有他的名字，而且信箱鎖早生鏽了。

沙林傑是一個傳奇。但是現在有一位家庭主婦打破了傳奇人物沙林傑的清靜，不僅僅如此，還計畫給他帶來聲名毀於一旦的危險。四十四歲的梅娜德，平凡的美國家庭主婦，最近寫了一本書《在世界的家中》（*At Home in the World*），在書中揭露沙林傑不爲人知的面目，將於本月出版上市，未上市已轟動。

梅娜德在書中宣稱，她十八歲那年與沙林傑同居了八個月。那一年，她在

「紐約時報週刊」撰寫一篇封面故事〈一位十八歲女孩的回顧〉，週刊上還刊登了她一張坐在地板上的照片，照片上的她看起來自信、性感、有才華。梅娜德說，就是這篇文章和照片，吸引了沙林傑的注意，兩人開始通信，不久她便與沙林傑同居。

梅娜德將二十四年前的大師家居生活鉅細靡遺寫出，簡直已到一吐爲快的程度。書中也詳細記載了她個人所有的背景，她是貪食症病患，有個酗酒的父親，曾經被沙林傑譽爲美少女羅麗塔（Lolita of Lolitas）。爲了與沙林傑同居，她放棄了「紐約時報」的工作，她還曾去隆胸。她與沙林傑的性關係並不成功，爲此，沙林傑曾帶她一起去看針灸醫生。

梅娜德在書中將許多美國人心目中的「聖人」沙林傑批評得體無完膚，她說沙林傑不近人情至極，動輒以佛理相提並論。他可能接近瘋狂邊緣，她表示沙林傑曾說：「只要我還可以戴著我的橡皮手套在花園工作，我便可以忍受外界的一切，但是我經常渴望把耳朵割掉，馬上坐上火車消失在南極。」除了靜坐都在搞園藝的大小說家將園裡種的青菜全都收在冷凍庫內，「因爲烹調會破壞食物的營養」。同時他卻又吃外面的速食披薩，帶她去看動作片，回家卻告訴她：「這些垃圾不許留在腦裡。」

使梅娜德念念不忘並出書宣洩的原因，除了因爲「沙林傑一直鼓勵她把自己的自傳寫出來」外，是沙林傑如何與她分手的那一章。在她的說法中，沙林傑帶她到佛羅里達去找針灸醫生，但才抵達海灘，年紀比她大三十五歲的沙林傑突然塞了幾張五十元美鈔給她，對她說：妳走吧，在我回去之前，去把妳的東西搬走，記得把門關上。就這樣結束了他們的關係。

梅娜德的出書動作已在美國藝文界造成不滿。許多仰慕或崇拜大師的人甚至相當憤怒，認爲梅娜德只想藉沙林傑之名賣書，內容比八卦還八卦，「紐約郵報」批評她「無恥」。梅娜德反駁，那些人的女兒若遭受這樣的待遇，難道他們會不准女兒把眞相說出來嗎？梅娜德到今天還把自己當成受害者，問題是，她從來不是受害者。

觀察大師

在波蘭家喻戶曉的女詩人辛波絲卡，在國外名氣卻不大。今年七十三歲的辛波絲卡住在波蘭南部工業大城科拉科夫附近，過著隱居般的生活，她的詩集雖每每成爲波蘭書市當月或當年暢銷書，並且在多年前便一再獲得多項波蘭境內文學大獎，但有關她個人生涯，連波蘭民眾都所知不多。

九一年，辛波絲卡已獲得在歐洲頗爲重要的歌德文學獎，那一年，在評審過程中，就有人不知道辛波絲卡是誰，而鬧過笑話，事後公布得獎人名單後，德國國家通訊社便慚愧地表示，他們沒有任何有關辛波絲卡的資料。

許多熟悉波蘭文學的人士在談起辛波絲卡時，總是將她與曾得過諾貝爾文學獎的米華殊（Milosz）相提並論。波蘭著名的文學批評家卡拉斯柯斯克（Jersy Kwlaskovsk）在談到辛波絲卡時，有這樣的描述：辛波絲卡永遠不放棄追尋新的風格，她是改變風格的大師，她是精通小型隱喻的語言大師，總是知道如何在極小篇幅裡發揮她的主題。

米華殊曾說，他畢生只是爲了寫一首詩。而辛波絲卡則剛好相反，她不斷改變風格，追求不同的文字呈現，她的詩集幾乎每本都有新的嘗試和超越，她永遠試圖超越她自己，九一年她在獲得歌德獎後，德國文學界才開始正視她的作品，並將她譽爲「詩的智慧」，稱她「擅於刪減對別人的諷刺但卻能保留其沒有幻想餘地的自嘲」，尋求純粹的表達，走向人類的自我。

辛波絲卡也是觀察大師。她知道如何在生活中，以簡單的語言，反諷現實的荒謬，如在一首諷刺官僚的詩作中，她說：「是鞋子的尺寸／不是人所走的路／沒有人在乎你是不是一個人／是簽名／是手錶／重要的是形式／你聽到聲音／你聽到碎紙機的聲音嗎？」她絕對擅於觀察，她的詩作客觀、精緻，沒有淚水，只有提煉過的晶鹽般的光亮。

辛波絲卡曾經說過，除了詩，她非常醉心畫作，她在一部分作品中曾試圖去「翻譯畫作」，她十分欣賞一些歐洲中世紀的畫作，如荷蘭古典畫家盧本（Ruben），尤其是盧本所畫的充滿肉慾而靈魂空虛的胖女人。辛波絲卡不但以一些古典畫作中的人物爲題，她的詩作也受到中世紀畫家的深刻影響。

已爲人祖母的辛波絲卡是波蘭最重要的女性作家，雖關心女性自覺，但是辛波絲卡很少刻意強調女性問題，正如她關心政治，卻絕不介入政治。關於政治，她在另一首詩中便非常清楚地寫著：「我們是時代的孩子／時間是政治的／即便你只是走在森林裡或草地上／你一步一步走進政治的領土／即便詩不是政治的但它還是政治的／你看高高在上的月球／只是一個球體不是月光……」

觀看歷史的天使

無法決定自己立場的人最好保持沉默。

——班雅明

班雅明（Walter Benjamin）可能是本世紀最重要及最具原創性的評論家，但是他卻未得到他的時代的尊重。一直到八〇年代，討論他作品思想的著作仍然不多，他的作品無論以德文或法文書寫都缺少翻譯。本世紀末，現代文學評論及哲學界重新開始探索班雅明，「班學」不但擲地有聲，影響也日漸擴大。今天，班雅明無疑已成爲歐洲尤其美國文化研究舉足輕重的人物。

一八九二年生於柏林，他曾在佛萊堡、慕尼黑、柏林及瑞士伯恩攻研哲學，後來以「德國浪漫文學的批評要論」爲題得到博士學位，一直到四十一歲都定居在柏林。諷刺的是，他以《德國悲劇的起源》論文申請法蘭克福大學教授職位遭到嘲笑拒絕，該論文時至今日被奉爲本世紀文學評論的經典圭臬。一九三三年他被迫逃離希特勒主政的德國，前往巴黎，他不但是納粹視爲仇敵的馬克思主義者，而且是猶太人，終其一生他都活在反猶政權的恐怖陰影中，一九四〇年他終於獲得美國學界機構的邀請和簽證，但卻終仍無法逃脫蓋世太保的威脅，九月二十七日當天在西班牙邊境小城 Port-Bou 遭警察阻撓，班雅明遂吞下過量嗎啡自殺。當時四十八歲，正值創作力旺盛的壯年。

班雅明死後留下六十五篇以上的著作，包括論文、報刊文章、散文、評論、格言、短文等，可以看出青年時期的班雅明涉獵學術思想層面既廣且深，他的評論不但針對詩、戲劇、小說，也涵蓋了哲學、歷史、宗教。主題不一而足，舉凡情感、影像、繪畫、死亡及神話等，都反映出其超越時代性的鮮明見解，在象徵邏輯學及認識論上於同輩中無人能出其右。班雅明的眼光遊走在上層與下層文化中，從浪漫主義到現代主義，從文學到電影，甚至從宗教救贖到歷史與美學，他的論述以卓知以敏銳更以風格，以形上學和理想主義的永恆質疑，向後代揭示一處豐富、充沛的思維之泉。

班雅明談「世俗幻覺」，也熱中於「靈光」之說，時而對十八世紀的德國浪漫文學深感醉心，時而又鍾情於十九世紀的法／俄文學，但他的興趣絕不止於古典，像《單行道》所收錄的警句便具有無與倫比的現代性，他甚至與好友阿多諾以吸食毒品作爲實驗，相互記錄吸食反應和過程，寫下〈大麻、鴉片、迷幻藥實驗紀錄〉（一九二七～一九三四），在納粹以反毒控制社會時代不啻爲「實用主義」最大的反叛。其先進的超現實文字風格連後起的beat generation也遠遠望塵莫及，堪稱二〇年代德國最前衛的作品。

《說故事的人》是少數班雅明的中譯作品之一，選自伽利瑪出版社的《法文書寫》選集（*Ecrits francais*）一書的八篇文章，而〈說故事的人〉（*Le Narratcur*）正是其中一篇有關尼可拉．萊斯可夫（Nicolas Leskov）作品思考的篇名。選集內容蓋括歷史、文學、繪畫和攝影等。通過這個選集可以明瞭班雅明所揭櫫的生命意義，〈說〉文充塞著神祕主義氣息，而其他無論是對「閒逛者」（flaneur）波特萊爾，或者對幸福信仰幾近盲目的普魯斯特，班雅明在評論中不但透露出他對歷史回憶的看法，也提出他的城市理論及政治主張。〈歷史的概念〉一文則闡述班雅明對史學主義的批判及其帶救贖色彩的唯物史觀。

過去是一場夢，而現在我們正從那夢中醒來。這是班雅明對歷史的眞確看法，「在逝去的世代和我們的世代之間，存在一個神祕的約會」，班雅明在〈歷〉文中曾提出現代畫家克利（Klee）的一幅「新天使」，他認爲畫中面孔朝向過去的正是「歷史天使」，天使想要俯身於時代災難之上，而名爲「進步」的風暴卻只能使他背對未來。班雅明其實便是他自己心目中的歷史天使，一位終其生遭極右政權迫害，卻同時也在史達林自我神化後覺醒的唯物論者，他在當時便對唯物史觀及共產政權有驚人的洞見和預言，但是，他一生的言論未得到同時代人的重視。

班雅明，一位飽受他的時代煎熬和曲解的大師。

寫作如同編造謊言

一九七三年智利發生政變，以皮諾契爲首的軍隊勢力推翻了民主派的阿言德政權，因堅持不去國逃亡，民選總統薩爾瓦多・阿言德隨即遭殺害，那年，伊莎貝・阿言德（Isabel Allende）三十一歲，在智利首都聖地牙哥擔任記者，她不但從此失業並且還有生命危險，因爲她是阿言德總統的姪女。

伊莎貝・阿言德在一年多後移居委內瑞拉，繼續從事新聞工作，一九八二年一月八日當天她那也是總統的祖父阿言德過世，她收到祖父的一封信，那封信後來帶給她一本轟動一時的暢銷書。她是在讀完信後開始把心中的千頭萬緒寫下來，當作給祖父的回信，而該信沒完沒了，變成了一本小說《精靈之屋》（*The House of the Spirits*），甚至改編成電影由好萊塢影星梅莉・史翠普演出。從此一月八日便成爲阿言德的幸運日，她的任何一本書必得在那天開始動筆不可。

在多年後，伊莎貝・阿言德談到當年政變時仍然激動地說：叔父薩爾瓦多・阿言德的被害，使她的生命從此一分爲二。他的死改變了她的一生。她說，薩爾瓦多被害宿命難逃，但是皮諾契的被捕也是天意，因爲兇手總是必須面對繩法，皮諾契不只改變她的人生，也改變全智利半數人口的人生。

在《精靈之屋》之後，阿言德陸續完成《愛與陰影》、《伊娃．露娜的故事》、《無限計畫》等書，其中以《寶拉》最受到推崇，該書爲了紀念她女兒逝世而寫，稱爲「嘔心瀝血」也不爲過。在寫作過程中她多次伏案大哭，旁人勸她不如不寫，但她堅持完成，她說「這是治療」，而且，「唯有文字才能讓女兒永遠存在」，該書也是她本人的回憶錄。

提到寫作，阿言德認爲早年的記者生涯對她的創作有正面的影響，如與人訪談及對線索調查等，她說她「經常剪報蒐集資料」，有時一小篇社會報導她便可以寫成一部小說。還有一個另外原因：她喜歡寫信。譬如到今天，她仍然每天寫一封信給自己的母親。

在決定開始寫作後，她幾乎足不出戶，除了睡眠，她都關在房間裡寫，不接電話也不與人談話，因爲靈感一旦出現，儘管她還不確定要寫什麼，但是心中彷彿有人在敘述故事給她，她所能做的便是記下來，所以她說她「只是樂器」，精靈會帶領她彈出音樂。有時，她甚至不能置信，因爲「如同編造謊言般」的寫作讓她開始進入自己，認識外界。

在《精靈之屋》出版後，文學評論界冠稱她的作品爲拉丁美洲繼馬奎斯後的「魔幻寫實家」，但是她隨即推出不同風格的《愛與陰影》，她說，每一個作品都有自己所屬的風格，她不應該也不願意以同一種形式寫作。《愛與陰影》被一些批評者認爲政治性的表現過於強烈，但卻是阿言德自己最喜愛的作品。無論如何，該書是她與現任美籍丈夫威廉·高敦結婚的媒介，她的丈夫也是她的忠實讀者，讀完《愛與陰影》，他已深深愛上了作者。

在寫完《寶拉》後，一九九七年，阿言德走出悲悼愛女的陰影，寫完《春膳》（*Aphrodite*），該書收集阿言德談論食性色慾的散文及小說，當然她是不折不扣的女性主義者，而她丈夫高敦是最好的情人。幾乎大部分人生都在遷移的阿言德與夫婿目前定居美國加州。

波蘭斯基的蛻變

二月的巴黎，街頭到處可見一張巨大的海報，昆蟲與人頭的混合圖案，非常引人注目，而電影導演波蘭斯基（Roman Polanski）的大名印得比劇名還大，更令人驚訝的是，他要出演一隻蟲。

星期六下午五點半，在巴黎北區一家典型的傳統劇場前，戲還有三個小時才開演，購票的人已排隊到街道上了，票價二百二十法郎，三分之二的人必須向隅，而大家的心裡都有數。

舞台上是冷冷的鋼架，呈透視的蜘蛛網狀，底部搭著一座平台，舞台前有三把椅子，然後就沒有別的了，這就是卡夫卡《蛻變》的全部布景。

波蘭斯基在黑暗中走出來，他的個子不高，體力頗好（否則怎麼演一隻到處爬動的蟲），他的表演不慍不火，他的聲音清脆有力，仍然可以看得到二十年前他在巴黎戲劇學院學過表演的成績，輕微的波蘭口音使得他和其他本地演員有些隔離，但這正配合他的角色：「某人有一天清晨醒來，突然發現自己是一條蟲。」他在後面的平台上（也就是他的房間）當蟲，四腳朝天，匍匐前行，盤旋而上，做壁上觀……而前面飾演他的家人的演員則敘述著他們的兒子（或哥哥）的故事，他是如何地喜歡喝牛奶啊，又是如何地辛勤工作，從不遲到早退等等。

表演形式是非常寫實的，演員用一種誇張到恰如其分的默劇動作表現他們一家人的平凡生活，吃飯、睡覺、爭吵……

燈光也是超現實的，垂直地打在布景上，有時候演員巨大的身影反映在佈景後的牆上，製造一種極不眞實的幻覺，有時候演員在黑暗中行動，腳板踏在地上的聲音便是一種音樂，燈光的顏色變換有加，時冷時熱，使得這齣戲的節奏更分明，旋律更美，導演史提凡・貝高夫（Steven Berkof）想做這個戲聽說已想了二十年，他終於邀請到波蘭斯基來演可夸（Gregoire）這個角色，而其他的演員功力也不俗，把一家人經過「蛻變」多種複雜的心理因素和直接情緒掌握得很恰當、出色。

波蘭斯基說他在排戲過程遭遇最大的困難是語言，畢竟法文不是他的母語，他必須反覆背誦才能排戲，使他比別人缺少即興的機會，再來是身體的適應，他解釋：「一個人在台上如果必須跛足一個月，一個月後要他立刻完全停止跛足也是很難的。」在戲中，我們發現他大部分的時間都用四足爬行。

其實，很多人不知道，波蘭斯基還沒當電影導演之前是從戲劇開始他的事業的，他唸過無數個戲劇學校，甚至在更早之前，一九四七年，他已在波蘭演過卡達耶夫（Katayev）的戲，後來是因爲一直被戲劇學院退學，他才決定自己去倫敦導演「馬克白」，在拍完「水中之刀」那一陣子，英國著名的演員勞倫斯・奧立佛擔任英國國立劇院的負責人時還打算和他合作做個戲呢。八二年他在巴黎也導過彼得・謝佛的「莫札特」（Amadeus）。

他說他喜歡的戲劇是非寫實及非自然式，如果要寫實那就不如拍電影，而戲劇比起電影在風格上顯得要豐富得多，譬如燈光在劇場的作用便是一個例子，而拍電影所面對的時空都是固定在某些型態上，比較沒有那麼多的選擇。他說，在他的家鄉波蘭，戲劇的傳統便是「說故事」，也是因爲這一點鄉愁，使他決定再度接受演員的挑戰，當然還因爲他「熱愛舞台」——按照他的說法。

關於卡夫卡，波蘭斯基說：「十五歲時，讀卡夫卡的作品令我捧腹大笑。」「而在西歐或美國，大家卻認爲卡夫卡的作品非常嚴肅，甚至像悲劇般地被搬上舞台。如同契訶夫的作品被處理成悲劇一樣，那些導演從來沒注意到契訶夫在他的書中已註明他的作品是喜劇。」

他強調卡夫卡的作品是一種「黑色喜劇」，充滿了黑色的幽默，這種幽默在一些超現實畫家或劇作家貝克特的作品中還可以找到，傷感而有趣……

在這座小而典雅的劇場中，落幕時觀眾起身大叫安可無數次，他們特別把眼光放在電影導演兼演員的波蘭斯基身上，他的表演比起任何一位大牌演員更不含糊，看起來那麼誠懇，安安靜靜站在那裡，似乎正像他所演的那個角色——可夸，一點也不像在緋聞裡的他，不過有一點可以確定的是，他在舞台上的確魅力無限，令人激賞，他很有風度地再三出來謝幕，在掌聲中，卸完妝離開劇場，他大概又忙著去處理他的新片「法蘭蒂」（Frantie）的發行吧。

（一九八七）

西蒙波娃令女性主義者吃驚

最近由法國伽利瑪出版社出版的一本書，幾乎讓所有的女性主義者嚇一大跳。這本書書名爲《越洋情書》，是結集西蒙波娃（Simone de Beauvoir）過去寫給她的美國男友尼爾遜．艾葛恩的篇篇情書，書中透露了西蒙波娃少見的一面：熾烈的眞情、卑微自居的談吐以及幾乎讓人不敢相信的「小女人主義」。

女性主義者公認的經典作《第二性》作者西蒙波娃，她與沙特聲稱一生維繫超越世俗的精神生活，兩人終生未婚，只是親密的朋友關係，他們一生的關係至今仍爲許多痛恨婚姻約束者引爲典範。很多人都以爲沙特好色，身旁總不乏女性崇拜者的追隨，但西蒙波娃不在乎，她稱這些人爲「沒有大腦的女人」，顯現的只有不屑。

現在，女性主義者讀完這本新書可能要大吃一驚了。西蒙波娃以前所未有的熱情向艾葛恩傾吐，文中所呈現的不只是一個被愛沖昏頭的女人，並且完全沒有男女平等觀念，怎麼可能？西蒙波娃後來不是寫《第二性》，要求女男在各方面平等嗎？她在《越洋情書》書中，卻是一個爲美國男友「煮飯買菜洗衣服」的女人，並且沒有男人的允許不敢去動他的頭髮；最讓人意外的是，她竟然告訴艾葛恩，她願意做一個「服從他的阿拉伯女人」，任他娶妻小無數，只要她是其中之一！

也有人爲西蒙波娃辯解：難道人沒有被愛沖昏頭的權利？難道人沒有當傻子的權利？西蒙波娃也是人，也有平凡人的七情六慾，爲什麼要以聖女貞德的標準來評論她？

無論如何，《越洋情書》的出版已在法國引起討論。也有人甚至因此懷疑《第二性》眞的是西蒙波娃的原著，莫非她當了幾年「阿拉伯服從的女人」後，突然想通女男應該平等？

波娃是女性主義者崇拜景仰的對象，或者正因如此，她的情感生活記錄也被嚴格檢驗。

（一九九七）

連上帝也不會有答案

天才與瘋子之間只有一線之隔，這是大家都知道的事。一九九四年英國已有相關研究指出，百分之九十五的天才都是瘋子。從醫學的觀點來看，包括達文西、莫札特、普魯斯特、梵谷及杜斯妥也夫斯基等人，全都有精神病。

現在德國心理學界又有新的發現，不但心理學大師佛洛依德及其弟子榮格都有精神病，德國最重要的哲學大師之一也是存在主義之祖的海德格（Martin Heidegger）也是精神病患。海德格在現代哲學領域影響甚大，這個說法令人不但嘖嘖稱奇，還得捏把冷汗。根據德國心理學家馬圖賽克的研究，從海德格的傳記資料中不難窺出，海德格是一個嚴重性格分裂的人。他的雙重性格使他在學術領域及私人生活完全區隔，現實生活中脆弱、多疑、善變的海德格，把他所有的精力放在學術研究上；也可以說，他逃避到自己的學術研究中，精神才得以不崩潰。但外界除了知道海德格是納粹黨徒及希特勒的追隨者外，對他的眞實生活知道得並不多。

一九〇九年，海德格仍是少年時，他服從父母的旨意，就讀一所著名的天主教學校，不到兩個星期，海德格便因心理疾病造成心臟病突發，不得不中止學業。但因海德格後來堅持反天主教的立場和學說，使得哲學界自然地將退學事件視為年少海德格對天主教的反叛，卻與事實完全不符。

海德格在三〇年代是納粹黨徒，他曾告發及迫害自己當年的猶太同事及思想宗師，為希特勒大敲邊鼓，而在戰後卻毫無悔意。另一方面，在希特勒時代，他卻與自己的猶太女學生亞恆特發生婚外情，他們的戀情持續了很多年。他當然知道，在戰後與當時在學術界已小有盛名的亞恆特保持聯繫，或許也可以洗清自己早年納粹信徒的惡名，雙重性格處處顯露無遺。

馬圖賽克認為，包括海德格等多人雖是精神病患，但終其一生並未在眾人面前嚴重爆發，原因是他們具有常人所無的才能，而能以學術研究或藝術創作來掩飾其人格分裂，再者，他們是天才，當然也知道如何以藥物來控制自己的病情。

到底人類的精神史是由精英的天才所主導？或者是由一群逃避於自我中的精

神病患所共同描繪創造出來？爲什麼天才與精神病的距離如此迫近？看來可能連上帝也不會有答案。

你可以不說話

默劇（mime）最早的來源是古代希臘羅馬的滑稽劇，經過十八世紀義大利宮廷藝人的改革，而發展爲一種藝術型態甚爲可觀的mimodrame，由drame（即英文的drama）一字可見其與戲劇不可分之淵源。爲什麼當初在義大利會引起這種默劇的改革呢？一些因政治因素被關進牢裡的演員，因不再有發言的權利，長久積鬱之下，不得不藉用身體動作來表達其憤懣，並與其他人溝通。

然而，到了二十世紀，默劇的發展便移至法國，可能是因爲默劇容易傳達的憂鬱感及羅曼蒂克氣氛，再加上其講究精鍾百鍊的身體運作，接近古典舞蹈的精神，而更賦予形體一種詩意的內涵，使得這項戲劇藝術漸漸成爲法國人的專長，從三〇年代到四〇年代，法國便出現了兩名默劇大師，一位是艾提安・德固斯（Etienne Decroux），另一位是查爾斯・杜蘭（Charles Dullin），而馬歇・馬叟正是這兩名大師的嫡傳子弟。

馬歇·馬叟早年追隨兩位老師四處表演，他的成名角色是百衲小丑（Arlequin），到了一九四八年，才脫離老師的門下，獨創的風格也在這個時候具體顯現，一九四九年底，馬歇·馬叟所成立的默劇團，是當時全世界唯一的默劇團體。

馬氏多年來所表演的節目中，一向以一個叫比普（Bip）的角色來呈現其藝術觀，這個角色的誕生已經有整整四十年的歷史，今年一月，馬歇·馬叟在巴黎香榭里榭劇院演出時，還特地爲比普慶祝四十歲的生日。比普之所以能歷四十年而不衰，主要是因爲平易近人，是一個日常生活中最普通的人，他搭火車、上餐廳、追女人、偷東西、做噩夢、自殺……有著平凡人的幸福與憂傷。平凡人的無可奈何，經過馬氏獨持精緻的詮釋，比普已被世界各地男女老幼所接納，成爲一個令人難以忘懷的戲劇人物。

馬歇·馬叟是名多才多藝的表演工作者，他除了固定在國外巡迴演出之外，在巴黎並擁有自己創辦的默劇學院，學生遠從世界各國前來，完成學業後回國推廣默劇者比比皆是，他還主演電影（最著名的便是「天堂的小孩」），寫書、開畫展，最近還打算自己開拍電影。

由於十幾年來馬不停蹄到各地演出，默劇大師在國外反而享有較高的聲譽，他的默劇藝術被認爲是法國文化的輸出，然而即便他自己抱怨法國人常忽略了他對默劇的貢獻，而任何一次他在香榭里榭大劇院的表演還是場場爆滿；事實上，默劇發展至今，只剩下他一家獨尊，馬歇・馬叟已成爲默劇的代名詞。

馬歇・馬叟國際默劇學院進修期限爲三年，課程包括體操、古典芭蕾、西洋劍、韻律與節奏感、即興及編劇訓練，馬氏又特別著重美感的啓發及想像力的運用，可見這就是他的默劇藝術出發基礎。

他個人的默劇創作常透露一種對人性的關注，帶著略帶憂鬱的眼光，藉著詩意性的劇場形式，傳達出大眾能輕易體會的幽默感。代表作品是改編自卡夫卡的「扒手的噩夢」及「面具製造者」，他精確無誤的身體動作，完美的意念表達，足稱默劇藝術的另一顚峰。

馬歇・馬叟的默劇表演之所以會引起世人的注意及喜愛，除了上述藝術形成的因素，還有一個許多人漸漸忽略的原因，即他的默劇創作保有一顆赤子之心，人們常在觀賞他的表演中，找回屬於自己的童心。

馬歇・馬叟自稱幾次環球巡迴表演中，最讓他興奮的還是中國之旅，他去過中國大陸及台灣，對平劇心儀已久，每每在課堂上講述平劇之美，他研究中國易經，把陰陽之道歸納到自己的默劇創作理念，他認爲默劇表演的合時性（timing）其實是一種陰陽相濟的道理。

私底下，他是一個健談的人，精力無窮又勤學不倦，他的人緣很好，結交了世界各國權貴與藝術名流，曾獲贈美國普林斯頓大學榮譽博士及各地榮譽勛章，他已經成爲默劇的發言人及默劇的象徵。

法國戲劇大師尚・高多（Jean Cocteau）曾說，馬歇・馬叟是「一名穿越語言之牆的默劇家，他發明了另一種沉默。」這是對馬歇・馬叟最高的推崇，比普是一年比一年老了，但也一年比一年成熟，沒有人知道明日默劇將會踏入什麼樣的道路，但我們知道比普仍然活著，他仍然眞實地活在舞台上。

（一九八七）

她不想當美國人

八〇年代初以《海蒂報告》震驚全球的女社會學家雪爾・海蒂（Shere Hite）決定不當美國人了，上周她放棄了美國護照，宣誓加入德籍。

《海蒂報告》便是女性性生活的報告，這本書的出現對七、八〇年代風起雲湧的女性運動潮流產生不小的衝擊，海蒂集合了許多調查統計數據，向普天下男性提出前所未有的挑釁和質疑：女性其實不需要男性也可以得到滿意的性生活，還有，男士在社會的壓力下愈來愈膽小無爲，愈來愈不願意結婚，也不敢付出熱情，所以，女性通常是「愛情的終結者」，女性通常是主動結束愛情關係的一方。

海蒂報告中，當然也同時對父親的形象及父權的地位提出挑戰。海蒂認爲，由女性單親所撫養的兒童，沒有父親的監管，反而在感情上更堅強，更不縮頭縮尾。也由於類似的結論，海蒂的報告因而引起喧然大波，她一方面贏得「性高潮女士」的稱呼，一方面由於自己的婚姻同時發生危機，被美國社會譏爲「理論無效」，她的離婚是步上錯誤理論的後塵，「自食惡果」。

根據海蒂的說法，她長期遭受美國社會及輿論的人身攻擊，她個人最無法忍受的便是美國社會對性生活的虛僞態度和雙重標準，一九八七年她決定投奔歐洲。她先是住在巴黎，隨後嫁給了比她年輕甚多的德國鋼琴家何瑞克，便跟隨著他先後住過柯隆、倫敦，最後二人決定住在德國。

儘管許多女性主義者或女同性戀者引海蒂的研究做爲依據，今年五十七歲的海蒂說，她是女性主義者，但是她並不是女性主義作家，基本上，她不認爲激烈前進的女性主義能起什麼作用，最簡單的例子，在美國一些激進的女性主義者甚至要求某些英文字全部改寫，如歷史（HISTORY）應改爲HERSTORY等，海蒂認爲滑稽並且無意義。

對大多數美國人來說，德國是過去納粹的起源，幾十年來，提起德國，一般人只連想到希特勒，也就很難想像海蒂的決定。海蒂自己則說，她之所以選擇德國做爲第二故鄉，是因爲她喜歡古典音樂，她從小喜歡古典德國作曲家，而她這麼多年來，對古典音樂的興趣逐漸高過文學，她說，她下輩子要做作曲家。

另外，海蒂也認爲，德國非常注重女權，地位崇高的德國聯邦議會主席便是女性，德國也是崇尚人權的國家，出身於德國的宗教改革家馬丁路德便是她心目中的理想英雄，她說她一生追求的也就是自由，所有來自人類的不當制約得以解放。

海蒂加入德籍，一些德國輿論大表歡迎，也有一小部分輿論發表了典型的德國的看法：別高興太早，德國是世界有名的高稅負國家，加入德籍之後，她也得開始付稅了。

（一九九六）

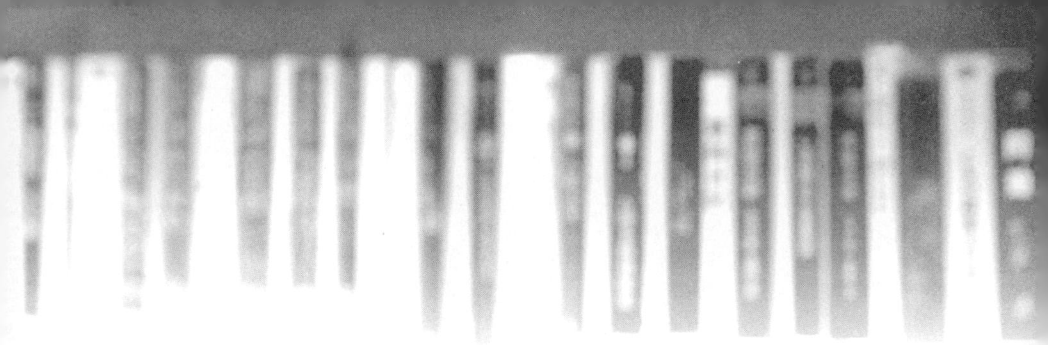

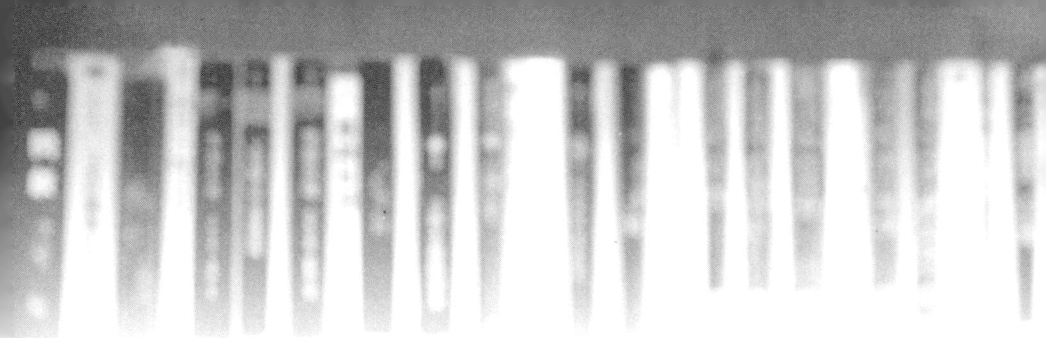

貳 真相的房間

他的生命真相便在這間房間裡，
這間房間坐著暗啞沉默的母親，
貧窮無知如枯萎的茉莉花環……

只有寫日記才讓人不發瘋

這本書可能是德國女作家克麗絲塔・沃夫（Crista Wolf）最好的一本書。沃夫在過去四十年當中，每年選一天寫日記，她將那一天的生活鉅細靡遺地記錄下來，毫無篩選，儘求客觀。四十年後，這本書成爲一本個人歷史。

日記作爲創作的形式常遭人忽略，作家穆斯爾（Robert Musil）在百年前便說過，寫日記是最令人愉快及最自由的創作形式，所以他寫了許多日記，其中有一天的日記又跑出這一句：日記？大家都在出版日記，這已成爲取巧和方便的形式了。但許多大作家都寫日記，像湯瑪斯曼，他甚至認爲寫日記是作家創作最好的演練，在去信給一位年輕作家時，他便曾勸導對方寫日記，他說，寫日記並寫出你自己的樣子，你便是作家了。湯瑪斯曼的日記在死後才公開。

克麗絲塔・沃夫服膺寫日記的箴言，把寫日記當作作家的工作日誌，四十年後她重翻日記，認爲寫日記是她的生存之道，只有寫日記才讓人不發瘋。沃夫是前東德知名作家，早年在東德文壇便非常活躍，她今年七十四歲，一九六〇年她開始寫的那一年，她三十歲，她寫九月二十七日那天，寫了四十年。爲什麼是九月二十七日呢？因爲社會主義精神領袖蘇維埃作家高爾基一九三五年的九月二十七日發信給世界各地的作家，爲自己也爲人類共同目標，把現實和理想生活全寫出來，一九六一年高爾基又重複地去信要求各地社會主義作家同志們寫下一天的日記，並訂名爲「世界的一天」，克麗絲塔·沃夫當時應邀參加這個寫作計畫，她寫了一篇名爲一九六〇年九月二十七日星期二的散文，第二年她再度響應，從此她每一年的同一天都繼續寫。

沃夫從外在社會事件或政治氣氛寫到家庭生活和個人寫作面臨的問題，甚至自己的情感關係，逐一陳述，且她說她在出版時並無刻意刪減。沃夫自己說，她的政治立場跟著歷史的腳步有所更改，她希望保留不同年代最眞實的紀錄，以便呈現自我、文學與外在的互動，她後來發現之前自己的政治觀點過於天眞，甚至文學立場也一度搖晃，從開始寫日記時的時時警戒「別把自己看得太重要」，對自己追求外在肯定一事抱著羞愧的態度，隨後又質疑自己作爲作家的才能不足，「小才華，大野心」，批評自己寫作的目的及作品的缺點：主觀性過強。

一九六五年，東德社會民主黨禁止大幅文學作品，並且逮捕一些作家下獄，這一年，沃夫對社會主義的天眞理想開始有了少許懷疑，逐漸地懷疑每年都在加深，她開始在日記上寫：日記可能是剩下來唯一可以自由表達個人想法的地方，只有這裡寫作不必做任何妥協。當時她卻是東德國家文藝獎的得主。柏林圍牆築立之後，她對東德的信心更爲喪滅，以至於她在日記上經常問：這麼多人要離開東德，這樣的國家還能如何發展？而她本人和丈夫也夢想離開，她們想到義大利或希臘的小島，只想過一個簡單及自由的生活，離開的渴望很強烈，但東德國家制度和系統更頑固，他們終究沒走成，後來離開的想望便逐漸枯萎了。

但生活得繼續，沃夫在日記上繼續寫，現在只有寫日記才能讓她有活著的樂趣了。七〇年代底，沃夫兩個女兒遭東德祕密警察跟監，使得沃夫必須尋覓日記的隱藏之處，她繼續寫，「這個我們整理出來的世界，是維持不下去了。」但她必須存活，她保持沉默，那是她得付出的全部代價，她一直都是東德文學明星，她爲東德社會民主黨寫演講稿，並上台致詞，與前東德文學精神代表人物賽格爾絲同台，賽格爾絲還特別要求要私下和她見面，沃夫在日記上記下那天的見面，發現了一個有趣的問題：賽格爾絲也不確定，作家應不應該在作品中將上帝人格化。

沃夫在日記裡也抱怨環境污染及學校教育問題，她可偷偷收看西柏林的電視節目，偶爾也誠實地記下對西方影片的看法，譬如她在看完瑞典導演柏格曼的「夫妻之間」後便寫道：這裡的夫妻之間如此複雜和無味，竟然和其他的國家一樣？沃夫從未把這些看法公開，她也質問自己是否腦子已設定了某種監控系統，潛意識會替她決定什麼該寫而什麼不該寫？

沃夫的日記不但是自己的祕密，也是別人的祕密，她是誠實的，所幸日記現在才公開，過於誠實，使這本書可讀性非常高，就像一些傑出的日記一樣，作者的自覺和自省便是書的內容，沃夫並未美化自己，而內容中的種種瑣碎苦悶又或刻薄，反而就不會那麼惹人挑剔，更容易博得同情和理解。

花了十六年才知道什麼是蟑螂

那已經是十來年的事了，克勞蒂亞．胡許（Claudia Rusch）上中學時一直打算離開東德，但不是爲了投奔西德，而是到更羅曼蒂克的地方——巴黎，之後，她認識兩位法國男人，一位甚至談至婚嫁，但胡許爲了父母和家庭下不了決心，她爲那個很容易拆散天倫的政權不滿，但她留了下來。再幾年後，柏林圍牆倒塌了，克勞蒂亞去過巴黎，卻沒住在那裡，她仍然住在柏林。

她寫了一本書。那也是她的處女作，書名叫《我的自由德國少年時光》（*Meine Freie Deutsche Jugend*），談的便是她在前東德的生活回憶，自從去年底亞納．韓瑟爾出版了《禁區小孩》（*Zonekinder*）後，懷念東德似乎很快成爲流行，胡許的作品立刻成爲此類作品代表。胡許在書寫上顯然比韓瑟爾更開放及淋漓盡致，最重要的，胡許沒有韓瑟爾寫作語調的那種自憐，對社會主義共產政治也沒有刻意批判，幽默但不嘲弄，反而流露某種慧黠，很多跟她同年紀的禁區小孩都深深認同她的情感表達方式，有人說那不是 nostalgie，那是 ostalgie，ost 便是東（德），而胡許的作品正是溯往的開始。

胡許在書中描述了二十五段青少年的遭遇，包括求學和日常生活的親身故事，娓娓道來，頗引人入勝，諸如前東德人對西方物質既渴望又尷尬的心情，香蕉及巧克力因被禁止，反而激起更多人偷偷食用，這便是著名的香蕉情意結，柏林圍牆倒後，大部分的東德人在西德第一件買的東西便是香蕉；胡許也生動地描述更早之前有人送來從西柏林偷渡來的龍蝦，但高興之餘卻不知如何烹調，大家束手無策。

胡許出身一個長期遭祕密警察跟蹤的家庭，她的祖父便死於監獄，母親再婚，與當時東德最著名活躍的異議分子哈佛曼等人來往密切，小時候的胡許還和他們一起度假，哈佛曼一九八二年在家中被捕，隨後也死於監獄。但胡許的童年無憂無慮，她和母親搭火車前往度假時，因無座位，即便母親不願，只好坐在跟蹤他們的祕密警察腿上，天真的胡許在車上告訴祕密警察她從父母那裡聽來的何內克笑話。何內克是前東德首領，許多東德人因不滿政權，私下嘲笑他。胡許總是化凶成吉。包括她少年時不願意跟大家一樣每天不是紅便是白色衣服，她總穿綠色，全憑個人本領，居然也說服祕警不找她麻煩。

胡許要到十六歲才知道什麼才是蟑螂，前東德蟑螂之多，但這些傢伙不一定活在廚房角落。胡許被同儕笑爲白痴，因爲她多年和人討論蟑螂，一直不知道別人談的是祕密警察，蟑螂只是祕密警察的代號。而胡許的母親多年也懷疑自己的家人監視她，後來德國統一後，她們才發現這個家庭成員根本不是祕警，爲此還相當慚愧，極權有時使得生活面目荒謬恐怖，但作者冷靜不帶感情的描述卻使一段段「他人的生活」更有想像的空間。

兩德統一已經十二年多，到現在前東德人談起以前的生活，主題幾乎都還是祕警，那個滲透力極強的情報系統使人幾乎窒息，胡許回憶兒時卻沒有抱怨，甚至說童年自由自在，她慶幸有一個東德的童年，她這麼說可能是眞的，不是嘲弄。她一旦明白自己並不自由時，童年便不再了。

胡許最強的地方是直接坦白的敘述語氣，她像談別人那樣談自己的事，所以雖是回憶，卻有史實的客觀，她堅持不批評的態度也許是因爲立場不明，也許，也許，但她絕不會是那種感謝兩德統一的人。除此之外，她沒有清楚的主題，沒有留下可以尋跡前進的紅線。有的是一個個精采的故事。

胡許讓人再度明白：兩德雖已統一了，實則卻又沒有。蟑螂雖然無孔不入，但有人花了十六年才知道什麼是蟑螂。

克勞蒂亞今年才三十二歲，德國文壇都說她未來大有可爲。這本書也的確是佳作。

奧地利式的天方夜譚

莉莉安・法欣格（Lilian Faschinger）的第三本小說《罪人瑪德蓮娜》是根據暢銷市場量身設計，而且她完全成功了。兩年前先是在奧地利電視上的綜藝談話節目供人喋喋不休，再來便翻譯成十餘國文字在世界各國出售，後來連電影製作人都有意買下版權。

法欣格如何量身暢銷市場？一點點性愛場面，不能太過分，太過則會被列入性愛小說，所以性愛場面程度只能到內衣廣告的尺度；一點點知識給那些想快速吞下精神「速食」的廣大讀者；然後便是很多的犯罪、殺人場面，這對書的暢銷絕對錯不了。

《罪》書的野心仍不只爲暢銷，作者很清楚，若要讓文學界也重視此書，主題必須有重量，一本圍繞女性主義、腐敗墮落的天主教會、歐洲保守的地域氣息、罪惡與同情的小說絕對符合需求。最重要的是，她必須提出一套不同的「性與政治」觀點，這不但能成功，還能讓人煞有其事展開討論；《罪人瑪德蓮娜》的基本架構出來了，然後，作者爲這個架構基礎設計了一位女主人翁，她當然必須如《聖經》上所形容的美女：紅髮、如白瓷般的皮膚，不但有罪，而且還犯下滔天大罪。

不管《罪人瑪德蓮娜》翻譯成什麼文字，書封面上的宣傳訊息必定保證能賣：一個騎重型機車的女人挾持了天主教神父，脅迫他聽下她殺了七條人命的告解。離開褊狹到令人窒息的家鄉，瑪德蓮娜以佯裝修女的裝束，遊遍大半歐洲，她，知識淵博、反應靈敏、愛恨分明，爲了追求永恆的愛情，先後把七個男人殺了。

書的敘述者是被挾持及被誘惑的神父克里斯欽，他一一詳述究竟，瑪德蓮娜如何挾持他、誘惑他，而他如何從一個獻身基督教義的受害者轉變成愛慾的追求者，他如何進入瑪德蓮娜的精神世界。對他而言，瑪德蓮娜無論外表或內在都是天使的化身，瑪德蓮娜以粗暴兼挑逗的方式向他告解，而被束縛的神父口中塞著女罪人的黑色內褲，他只能聽卻不能說，法欣格有意不讓女罪人的話中斷，瑪德蓮娜必須向「女性仍沒有發言權」的男權社會挑釁示威。

在神父(作者)的眼光中，瑪德蓮娜是這樣的女人：紅髮美女，穿著緊身黑色皮衣，皮衣內只穿黑色內衣，她騎著附加邊車的布赫機車(全世界恐怕找不到兩輛)，熟讀西方古典文學名著，大部分的時間只聽巴哈，不但有人文教養還有世界觀，連身體都發出奇異的花果香味。在這麼多的「女性特質」下，男人幾乎沒有抵抗她的餘地，連神父都必得被她吸引，與她犯下基督教義中的最大禁條。

讀者在讀完瑪德蓮娜的罪狀後，也許會發現，她最大的罪行並非她把無法滿足她的男人全宰了，而是她實在太長舌了。她，瑪德蓮娜，化殘暴與溫柔爲一身的女人，不但貪吃、好享受，而且話一說便嘮叨個沒完沒了。來自一個閉塞保守的奧地利家庭，爲了追求愛情，四處遊蕩旅行，她通常對男人百依百順，但在性慾無法滿足(或發現身邊伴侶竟然是同性戀)時，她又變成大逆無道、極端至極的殘暴女性，她，瑪德蓮娜，走遍大半個世界卻一點人生幽默感都沒有。

法欣格在《罪》書中並未給予任何反諷的可能，她攻擊中歐社會所充斥的僞善天主教文化、人與人之間遲鈍無能的情感表達，由於女主人翁的行爲古怪、不合情理，不管愛情或謀殺都欠缺令人信服的動機，使得《罪》書力量稍弱。還有神父和瑪德蓮娜二人語言幾乎不分軒輊、沒有差別，應是《罪人瑪德蓮娜》可挑剔的敗筆。

其實「女性奪權」正是法欣格偏愛的主題，而作者巧妙地將之編織進一個女流浪者的告白，一則驚世駭俗的人生告解。無論成功與否，《罪》書可視爲一個女性寓言，一個後現代主義者及女性主義者觀點下的天方夜譚。《罪》書攻擊奧地利社會文化的背景其來有自，本世紀起，從阿坦伯格、克勞斯到托瑪斯・班哈德甚至到彼德・韓克及傑利內克等奧地利作家皆動輒無情批判自己的社會，此傳統並不令人陌生。

《罪人瑪德蓮娜》具有暢銷小說應具有的基本要素。《罪》書正是暢銷小說，若想明白其暢銷原因，你必須好好一讀。

誰是愛麗絲．史渥哲？

提起愛麗絲．史渥哲（Alice Schwarzer），幾乎沒有一個德國人不認識她。她的曝光率幾乎不下於德國總理柯爾，儘管如此，德國各界對她的褒貶卻十分不一致，因爲她不只是一個咄咄逼人的女人，更是一位劍及履及的女性主義者。

一些缺乏修養的大男人對她的論調總是十分不滿，一提到滿頭金色亂髮、扁平臉上戴眼鏡的她，「難怪女性主義者總是沒有男人愛」。要不然則將她當成哥兒們，不把她當女人看待，而多位長期與她相處的女同志也大聲呼籲：「救救妳自己，千萬不要靠近愛麗絲！」但是，同時卻也有成千上萬的女性一致同意：謝謝愛麗絲，沒有她長期的努力，今天的德國女性可能仍處於更不平等的地位。

愛麗絲．史渥哲一九四二年生於德國北部一個小村鎮，母親在一段始亂終棄的關係中，生下了她，並因嫌惡而將她交予她的外公外婆撫養。外婆暴戾如暴君，而外公卻對她溺愛有加，或許因此造成她日後性別思想有別於常人。一九六四年，商業高中甫畢業的愛麗絲隻身赴巴黎學法文，隨後就讀索邦大學及展開其新聞特派員的生涯，之後的幾年當中，親身經歷了左派學生運動並受到法國女性運動的啓蒙，發願終生致力改善德國女性社會地位的平等。

一九七〇年愛麗絲回到德國，隔年，她說服了數十位女性現身說法：「我墮過胎！」大篇聳動的訪問及照片刊載在著名的《星球雜誌》上，引起社會一陣騷動不安。這便是她展開的第一次女性主義行動，兩年後，她甚至在德國電視上公開「月經規則術」的祕密，在當時對墮胎觀念非常保守的德國社會再次造成轟動。

一九七七年，愛麗絲創辦了全德第一家女性雜誌《艾瑪》（*EMMA*），標榜是「女人辦給女人看的雜誌」，創刊號全球發行共賣出三十萬本，令當時的媒體界頗爲稱奇，時至今日，發行量仍維持十萬份。愛麗絲強調，《艾瑪》雜誌不僅只是女性另類雜誌，更是綜合性的高級文化雜誌，多年來致力說服女性放棄非理性態度，以更多的女性自覺及積極立場爭取自身應有的權利，不但反對爲男性服務的色情雜誌及色情錄影帶，更反對大男人以攝影機將女人普遍塑造成玩物形象，艾瑪提醒眾多甘願在男人面前做出楚楚可憐的女性，勿自淪於男人權勢遊戲下的角色，色情是男性發明出來取樂自己、貶抑女性的娛樂，女性為什麼要去配合這種歧視自己性別的活動？愛麗絲多次公開向女人大聲疾呼：「蔑視女性的毒性就存在我們女人自己的血液裡！」但她也認為，雖然排斥女性主義聲浪與日俱增，無論如何，幾十年來，女性主義已為女性爭取了更多的權利，而今天女性之所以在不少的領域中仍為「次等公民」，其中，「更多責任還是在於女性自己身上」。愈來愈多的女性雖然支持女男平等，但也堅持表示「並不是女性主義者」，愛麗絲說，所謂「新女性」不但高學歷，也有高薪工作，不但如此還得買菜帶孩子，做的其實是雙倍的工作，她認為「新女性主義」其實是「女性主義」最大的誤導。其次的副作用是，大男人有色眼光的詮釋：「好吧，妳讀過很多書，妳也有妳的事業，但是昨天妳在床上卻不一樣喔？」

除了不鼓勵新女性的超時工作，愛麗絲對九〇年代以降的「新女孩」（Girlie）也極為反感，她說這群仿瑪丹娜的「新女孩」，除了講究新潮穿著及注重享樂外，沒有任何的政治思想及人生主張。愛麗絲說，許多女人除了歧視自己的性別，對建設自己及實踐自己毫無興趣，此外，大部分的女性或女性主義者的組織能力不夠，是女性主義緩滯不前的眞正阻力。對愛麗絲來說，女性主義便敗於極差的組織力上，她埋怨：「任何小菜果農的組織力都比女性主義者強太多了。」

她也指出，德國完全沒有女性主義可以依循發揚的傳統，不如美國社會在自由主義及個人主義的強烈孕育和影響下，女性主義很容易找到一大片可發展的空間，從過去的凱特·米烈（Kate Millet）到今天的希拉蕊·柯林頓皆有脈絡可尋。愛麗絲認爲，德國社會的保守不但與過去歷史有關，也與極右派納粹時期對女人的漠視有密切關係。反彈，女性主義已死？愛麗絲也不同意所謂女性主義在九○年代遭到反彈（Backlash）說，她表示，女性主義反彈說早在七○年代底便有徵兆發生，其實反彈說的眞義是反革命，也就是主張不正面迎擊，而在暗中反撲。不過，愛麗絲也感嘆，她與《艾瑪》爲「反色情」奮鬥多年，然而色情娛樂事業不但未消止，反而愈來愈猖獗及普遍，過去的《花花公子》對女性的描繪仍止於唯美的裸露，而今天的色情雜誌的女性形象簡直退化至動物的等級，幾乎所有的女人都一副性飢渴的樣子，令身爲女同性戀的愛麗絲深感不值。不但如此，看看服裝界的男人如何裝扮女生，看看所有媒體雜誌出現的女性形象，便明白爲何「女人，妳的名字是弱者」。

不管女性主義有沒有「反彈」說，《艾瑪》雜誌在一九八〇年底由週刊改爲雙週刊，雖非營運不善，但是影響力確實不如從前。在德國，有男人嘲笑，看看愛麗絲，你會知道爲什麼女性主義走不下去；而愛麗絲也充滿自信地回擊，就算全德國男人都認爲我最醜，我也得繼續爲女性爭取權利。

愛麗絲不但是女性主義者，也是雜誌社社長及新聞工作者，她更是暢銷書作家，一九九一年德國綠黨創始人佩塔·凱莉和她的情人雙雙自殺死於寓所，引發愛麗絲對雙自殺的探索，藉有利及可靠的資料，討論女性在愛情關係中所扮演的角色，成爲多年的暢銷書。此外，她也是電視訪談節目最常出現的人物，她犀利的談吐常常沒有人能招架，有人問她，妳認爲誰是妳的談話對手，她指名道姓說是《明鏡》週刊創辦人奧斯坦，奧斯坦是德國最具權威的媒體人士，也是一個男人。她雖點名了奧斯坦，但奧斯坦並不願意答腔，她也不引以爲忤，反而下了節目還和奧斯坦說說笑笑。有人對她說，女性主義運動早已死了，在德國只剩下兩個人還沒放棄，一個是妳，另一個是六〇年代以脫衣服起家及主張大家一起睡覺的歐伯瑪雅。

誰知愛麗絲卻很幽默地問：誰是歐伯瑪雅？

捨愛麗絲其誰？

在談愛麗絲・史渥哲的新書《女性的屈辱與勳章》之前，不如先談談她的傳記。傳記人人會寫，但沒有人像史渥澤一樣，一出便是兩本。在今年度，德語出版界爲她出版傳記，一本幾乎在爲她造勢，表揚她提升德國婦女地位的貢獻；一本則貶抑她的爲人處事，譏諷她的女性思維，一位曾經是同事的女作家，也是她的敵人，在書中對她展開謾罵，並警告大眾：「小心，遠離愛麗絲！」從這兩本傳記不難窺出，德國社會對女性主義大將愛麗絲・史渥哲的確呈現分歧的看法。

一九九七年由Kiepenheuer & WItsch出版社出版的《女性的屈辱與勳章》（*So Sehe ich das!*），收集的是二十年來愛麗絲在《艾瑪》所撰寫的文章。這三十三篇文章詳細呈現史渥哲的女性主義觀點，反映德國社會及時事，也是史渥哲至今所出版最具代表性的女性主義論述。

在《女》書中，史渥哲陳述了幾個重要的主題：父權社會中女性所扮演的受壓抑的角色、德國社會及歷史中極右仇外者對外國人（猶太人）的迫害、反色情、反激進原教旨回教教派對女性的醜化及貶抑及無條件支持自由墮胎等。這些主題足以代表德國近二十年來政治與社會的轉變，史渥哲的觀點也理直氣壯、咄咄逼人。其實，這些主題在更早之前便是七〇年代女性運動的訴求，與德國綠黨的政治立場更相去不遠。若以新一代女性主義思想來檢驗史渥哲，則《女》書觀點略嫌老化，並無新意。無論如何，《女》書中一些文章仍在德國境內引起極大的爭議。

史渥哲女性觀點的爭議性在於其對女性地位的看法。依循傳統女性主義，史渥哲仍將女性置於受害者的地位，甚至平行地將猶太人置於德國歷史中，以強調二者受害地位的相同，突出（德國）父權社會的法西斯思想。對史渥哲而言，仇外與敵視女性的思想幾乎沒有差別。但新一代女性主義者急於重新定位的便是女性在兩性中是否眞的扮演受害者的角色？一些新女性主義者甚至認爲，女性在兩性關係上是主控的一方，「女性是受害者」乃是傳統女性主義者自我催眠的咒語。

另外，史渥哲的反色情的立場，使其女性主義言論充滿禁慾色彩。史渥哲有意區分藝術及色情，她在分析紐頓的攝影作品中，指出紐頓利用女人的身體，以「那種不正常的性愛虐狂的幻覺」來創造及販賣攝影藝術，她更進一步在另外一篇文章中批判女攝影家萊姆斯作爲「新女性」的新樂趣，充其量只是模仿男性剝削女性的手段。但弔詭之處正在於藝術與色情之間界線如一線天光，米開朗基羅的雕塑難道沒有色情？反色情是否意味將走上禁慾？史渥哲的觀點遭到挑戰，因爲新一代女性主義者認爲，兩性對性的態度及差別必須認清，性既然是權力，女性只有學習去駕馭它，而不是逃避它。

作爲讀者，《女》書有一些觀點令我難以理解，這裡只舉一個例子：一向支持妓女不遺餘力的愛麗絲，在談到米亞．法蘿及伍迪．艾倫的離異事件時，突然將箭頭指向「不顧廉恥」的順宜，並說，順宜是一個在「美國大兵建造的國際妓院國家」街頭討生活的小孩，暗示讀者順宜從小可能便是雛妓，「又如何的墮落」……令人質疑，史渥澤的白人女性主義觀點是否有雙重標準？就算順宜以前是雛妓（也可能她不是），史瓦澤又如何能因她接受一個如養父般的老男人追求便攻擊對方墮落及不知廉恥呢？

愛麗絲・史渥哲曾經抱怨，女性的組織能力太差，她注重的是女性之間的團結，以期共同在男權社會中爭取一個更「像人」的地位。史渥哲不但是女性主義者，更是理想主義者，精神可嘉，捨愛麗絲其誰？

進入真相的房間

——談卡繆的《第一人》

我們生下來是爲別人而活，而死亡時卻得爲自己而死。

——卡繆

他的生命眞相便在這間房間裡，這間房間坐著暗啞沉默的母親，貧窮、無知如枯萎的茉莉花環，她一生都望向窗外，生命流程從未停歇，她的凝視失落在街道上，而她端坐如耶穌基督。不，她便是基督，溫柔但被苦苦人生折磨；兒子哽咽地站在暗處注視她，看著她那佝僂削瘦的背影，面對著一種他所無法理解的不幸，內心充滿莫名的惶恐和焦慮。

一九六〇年一月四日，年輕的諾貝爾獎得主卡繆與友人剛從法國南部度過聖誕假期返家，他們開了兩天兩夜的車（當時還沒有高速公路），駕車的人是卡繆的摯友也是伽利瑪出版社負責人米謝・伽利瑪，一向無所不談的兩人，可能正在談論卡繆如唐璜般多采多姿但也深具悲劇色彩的感情生活（Maria Casares, Sellers, Simon de Beauvoir），更或者，他們正談及卡繆隨身攜帶並且在假期中有所添補的《第一人》手稿，車子以時速一百五十公里的速度向巴黎郊區駛去……

三十四年後，卡繆的女兒卡薩琳・卡繆在終生反對此書出版的母親過世後，經過多年深思熟慮，及與孿生兄弟尚恩討論結果，當年在車禍現場發現的《第一人》手稿終得以問世。卡薩琳根據其母爲手稿所重新打字的稿件逐字校正，其中包括作者的筆記及夾頁補述和兩封對已逝文學家彌足珍貴的信函。

脫離《異鄉人》和《薛西弗斯的神話》的虛無荒謬及質疑，超越了《瘟疫》融合寫實和象徵的技巧，《第一人》無疑是卡繆最好的作品（即便該書尚未完成），深沉的自我探索，直指北非法國移民（les Pieds-noirs）歷史的傷口，更多是發熱般眞誠的人生囈語，以絕無僅有的「第一人稱」聲音滲透讀者的心，嚴肅卻又情怯，爲不識字母親而寫，但卻是至痛的告白：我需要父親。一個可以責備或稱許他的人。

與其說是充滿自傳性質的小說，《第一人》毋寧更是一本以小說技巧書寫的自傳。書中人物傑克・柯爾梅里（卡繆祖母的少女名）在四十年後，回到自己成長的憂鬱北非，尋找在他出生一年後即為國捐軀的父親（像這樣卑微的家庭所能奉獻給法國的），但這得「穿越一片陰暗的記憶去追溯往昔」，及必須經過死亡的模糊標記。幾乎無人可以告知他的生父在生命中究竟留下什麼痕跡，有的話也是「他話不多，話一點都不多」，包括與父親共度五年時光的母親，也因過於貧窮、困頓而逐漸遺忘了她的丈夫。沒有先人，失去記憶，他所唯一能捕捉到的只有如「蝴蝶翅膀遭遇森林大火後所留下的餘燼」。

《第一人》的中心人物便是卡繆的母親，半聾、文盲、沒有任何地理或人文常識，卡繆曾在散文（甚至《瘟疫》主角雷克斯醫生的母親）提到她，但《第一人》卻是卡繆第一次為母親而寫的作品。母親是唯一能夠寬恕他的人，她的兒子是一個「害怕享受歡樂的呆子」（L'imbécile qui a peur de jouir），而母親是開啟他生命的鑰匙，也是「在這世界上最渴望能徹底讀過他生命及血肉之軀」的人。但這是不可能的事，母親無法閱讀。

他的愛，他唯一的愛終將永遠地暗啞。

當傑克．柯爾梅里成功抗拒嚴厲外婆的體罰時，他的童年便無聲無息地結束了，在北非一個最貧窮的島嶼，一個殘障且無知的家庭。沒有父親，沒有任何遺物，傑克確信自己比那些出身卑賤的人更微不足道，比起母親更爲渺小。他仍不知道到底誰是他父親，更不知道自己到底是誰？《第一人》不但在尋找生父，也在最後回到自己的生命之謎。一本謎樣的書，最令人感動的部分很可能便是作者永生無法補充的留白。

莒哈絲的戀人之書

這是何等的事件，我喜歡你。

——莒哈絲《廣島之戀》

她給他取了一個新的姓名，他走入了她的生命，不但成爲她最後的愛人，最後一位生活伴侶，並且成爲她的小說人物。現在，這個曾是莒哈絲書中的人物自己寫了一本書。

他是顏・安德亞（Yann Andrea），曾是司機、潛水員及祕書。這裡是他的故事：一九七五年，他尚是一個年輕學生時，有一天在電影院「印度之歌」的首演遇見了該片的編劇莒哈絲，他趨前問他的偶像，是否未來可以給她寫信？莒哈絲抄了地址給他，並說：您可以寫信到這裡。從此，他給她寫了五年的信。

現在，他給她寫一本書。書中坦誠並詳細地敘述了他和莒哈絲之間的戀情。

五年後，他在電話亭打電話給她，她講了很久，最後她說，為什麼不來土維爾（Trouville）找我？我們可以見面聊聊。他去了，從此，他便再也沒離開過她。顏・安德亞年輕，至少比莒哈絲年輕四十歲，他應該是同性戀，或者這麼說，他對女性的身體並沒有特別的興趣。他在莒哈絲家裡住了下來，就住在她兒子以前住的房間，他給她打字、校稿、煮飯及打掃，他甚至在她重病時給她洗澡及服侍她。他成為她的情人，他成為她的奴隸。

從一九八〇年的夏天起至一九九六年三月莒哈絲去世止，顏・安德亞與莒哈絲共同生活了十六年，他從來沒有直接呼叫過她的名字瑪格麗特，雖然偶爾她很盼望他這麼稱呼她，他總是以敬詞「您」與她談話。顏・安德亞在十六年中努力地維持不叫她名字的習慣，對莒哈絲而言，可能是莫大的痛苦，有幾次他不小心使用「你」這個字，她高興地笑得像個孩子。那便是莒哈絲晚年最快樂的時光。

他的新書《此愛》（*Cet Amour-La*）敘述的是一個生死不渝的關係，也是一個絕望的愛情關係，「她要的是全部的我，全部的愛，包括死亡。」那些年，莒哈絲禁止他與家人來往，「她善妒如狂」，她是他的暴君，她是他的世界，她將他的行李丟出門，他每次都又回來找她，「我怎麼才能將你丟棄呢？」她問，「您將無法將我丟棄。」他這麼想。這不只是一個愛情故事，這不只是一個遭遇。

他曾如此地告訴她，「人家都說您年輕時非常美，但我卻覺得您現在最美，一種瀕臨毀滅的美。」他活在她的書中，他看到那個正渡越湄公河的年輕女孩，他愛她的文字超越一切，超過生活，超過他自己。

他還是那個從Cean寫信給她的年輕學生，現在住在她遺留給他的公寓，繼續給她寫信。他的文字風格與她相像，甚至說話的方式也與她相像。他學會了直接並且留白的敘述方式，那種戲劇性及莒哈絲式的美感，貧窮之美，極簡之美。他一輩子都要那樣的文字。她死後，他成爲作家。

「『您愛我嗎？』她問，我無法回答，她說：如果我不是莒哈絲，您根本不會多看我一眼。我也無法回答。她說：您愛的不是我，是莒哈絲，是我寫的字。」

她撫摸他的臉，那麼用力，他幾乎感到疼痛；他爲她洗澡，他爲她準備晚餐，很多年，他都以爲那將是最後一次，很多年，他都以爲他無法活過她的死亡，他甚至也願意與她一起死去。

他活過來了，他寫了一本書，關於莒哈絲，關於他們之間神祕及無可分離的感情，那些年在黑岩（Roches Noire）區的一棟向哈佛港的公寓，在普魯斯特住過的房子，兩個孤獨至極的人，一種絕無僅有的愛。

有一種主義叫抑鬱主義

週五晚上，我參加了一個同事的聚會，大約有三十來個，大都是中堅代的新秀，二十五歲到四十歲左右的人。聚會中途，突然一個個子嬌小的瘋女人開始在人群中脱起衣服，她先將她的T恤脱去，然後是胸罩，再來就是裙子，她一邊脱一邊做著劇烈的鬼臉，幾秒鐘內，她只穿著內褲轉著圈子，一直到她想不出來還有什麼花樣，她才停下動作，穿起衣服。她其實平常是一個從來不願意跟人上床的女孩，誰也不清楚她這麼做的由來……

這是法國作家胡耶勒貝克（Michel Houellebecq）的《擴展的戰場》（*Extension du Domaine de la Lutte*）的小説開始。胡耶勒貝克是一個拗口冗長的名字，書名也不討好，一九九四年這本小説交到一些出版社編輯手上時，還有人預測這本書若出版將全軍覆沒。但是事實並非如此，小説問世後，不但成爲暢銷書，也受到法國文學界異常重視，一時之間，「世紀末的法國代表性小說」、「新寫實主義先聲」、「卡繆之後最成功的作家」，各家評論及標籤紛紛出籠，許多文學獎也頒給他，胡耶勒貝克成名了，《擴展的戰場》版權不但在歐美各國以高價賣出，今年之內還將拍成電影。

《擴》書幾乎是胡耶勒貝克的自傳。出生於法國屬地留尼旺，父母生下他後便因失和而將他交給他的祖父母撫養，在殖民地中學讀書的日子慘淡無光。到了巴黎後，在電腦公司謀職，住在巴黎郊區毫無人性的大樓公寓，每天的生活只是觀察鄰居的動靜，到超級市場去買東西，唯一來往的人是靠色情雜誌自慰、參加色情俱樂部雜交的同事，他們必須一起在法國境內出公差，除此之外，便是大量的郵購。胡耶勒貝克崇尚布爾什維克精神，卻活在全然資本化的社會裡，這裡便是他的生活紀錄：眞實、赤裸、絕望、荒謬之至。

胡耶勒貝克相貌平凡，一頭稀疏的黃髮，一點也不具任何吸引力，今年四十一歲，絕大部分的時候都處於憂鬱狀態，父親很早便去世，母親呢？「我覺得很奇怪，她還不知道我一直憎惡她」，最近兩年努力拯救的愛情關係簡直像一場災難，他不但恨他的前任女友，也恨心理分析師，一天抽四包菸，生活最重要的內容是聽取答錄機的留言，而那可能剛好是一通撥錯的電話，憑著郵購雜誌販賣的項目得知季節已轉向，社交活動只限於在公司咖啡機旁與同事聊天，息息相關的法律是帳單必須按時繳交，離家時必須帶身分證和信用卡。他的時間很多，但朋友很少，不，他根本沒有朋友，但不管如何他都還不想死。

讓我們回到他參加的同事聚會，在女孩脫光又穿上衣服後，他喝了四杯伏特加，頭昏腦脹便躺在沙發上，其中兩個肥胖的女同事也擠在沙發上聊天，她們討論女人有權決定自己如何穿衣服。在他逐漸陷入的酒醉夢中，他聽見兩個肥胖女人對他如頒發聖旨：「如果我欠身露出屁股，我不是想誘姦！如果我露出陰毛，我要好好享受！」脫衣服的女孩也出現了，但她穿著黑長的大衣，表現得保守又神祕。當他醒來時，聚會早已結束，他發現他在地毯上吐了。他拿起椅墊將之蓋住，並試著要開車回家，可是這時又發現，車子的鑰匙掉了。

胡耶勒貝克早年寫詩，一直沒獲得太大重視，德國浪漫主義對他的影響極深，他在德國古典音樂家如舒伯特等及浪漫文學作品中發展他個人內在面貌，但是他同時也是美國現代搖滾樂的熱愛者，崇拜已逝的吉他樂手吉米·韓菊斯（Jimi Hendrix），因為那是出自靈魂的聲音（他提到靈魂這個字眼時壓低聲調，彷彿感到害怕），並將年過五十歲尚健在的尼爾·揚（Neil Young）視為當代的音樂宗師（像參加祕密宗教活動般），他書架上的書不多，多半是寂寥男孩的讀物。

《擴》書的主人翁絕不是一個討人喜歡的男人，而且一部分小說內容情節令人震驚，一位法國文學評論家便說，「這本書像武器」，「以鉛般沉重的文字」揭開現代社會的衝突、矛盾和虛偽。也有一些評論家認為，胡耶勒貝克的寫實技巧及文字風格即將成為這一代作家的新趨勢，「法國新寫實主義風格」已誕生了。胡耶勒貝克當然讀過卡繆的《外來者》（又譯《異鄉人》），至少他冷靜的觀點肯定受到大師的影響，或者也可以說，胡耶勒貝克的《擴展的戰場》便是世紀末的《外來者》，而這位外來者是一個電腦工程師，一個九〇年代末的Spleen。

「費加洛報」的書評家更進一步宣稱胡耶勒貝克所創的「抑鬱主義」（Deprimisme）已取代「存在主義」，成爲本世紀末最重要的文學活動。

在《擴》書之後，胡耶勒貝克又寫了《元素的微粒》（*Les Particules Elementaires*），該書攻擊當年六八學生運動，參與運動者今天已成爲社會中堅，胡氏認爲這群嬰兒潮是本世紀末無感、無望、腐化甚至貪婪濫行的始作俑者，對他而言，自由性交帶來的便是孤獨和隔絕。此書上市後賣出二十六萬本，帶給胡耶勒貝克更大的聲名，「胡耶勒貝克現象」無疑已在法國文學界造成一股風暴。

胡耶勒貝克作品中令人震驚的不只是筆下人物的孤獨無助，更多是作者對性愛的描繪。作者認爲，過去人們經常以金錢來衡量一個人的價值，今天，人們更以性愛生活來衡量人的價值，「有的人要跟什麼人睡覺就可以跟什麼人睡覺」，「有的人終其生只能也只有靠自慰」，性愛市場早已分割出來，就像資本市場有其自然分類，「誰是贏家，誰是輸家」早就有定案，胡耶勒貝克的看法被社會學家視爲「性愛的恐怖主義」，而他卻說：「我不是反對性生活，我只是反對性的誘惑，因爲那令人極端疲乏。」

「所有的過去都已死亡」，幻覺是一種恥辱，現在的一切並沒有解決之道，完全沒有，胡耶勒貝克所傳達的是一種可以置人於死地的美感，其文學表現不但有卡繆冷靜的顯影，也直追卡夫卡荒謬的戲劇性。他所創造的「抑鬱主義」充塞著時代風格，影響正不斷擴大中。

像她這樣的一個女子

就像足球、籃球或棒球或天知道什麼比賽，電視的運動節目是因爲男人消費市場而誕生，那麼，《BJ的單身日記》一再出版正是衝著女人的消費市場而來。因爲單身的女人似乎到處都是，且可能愈來愈多。

英國女作家海倫．費爾汀（Helen Fielding）兩年前出版《BJ的單身日記》，很快便在英美各地造成空前的轟動，今年出版續集，而第一本日記則已由好萊塢拍成電影。費爾汀自創一格的文字風格與日記中的女性心靈得到許多女讀者的認同與共鳴，但也有不少女性主義者大力撻伐，認爲女主人翁BJ天天只管自己的體重增減或者與男人是否約會，毫無女性自主與獨立的意識。

正像上上世紀英國女作家珍．奧斯汀擅長並且至今膾炙人口的愛情小說（如《傲慢與偏見》、《理性與感性》等），戀愛的發生或經營非常困難，而且女主角似乎總得步步注意法則（rules），女性主義者不滿的便是時空間隔這麼長久後，新世紀女性還得遵從一樣的規矩。

不能否認的是，費爾汀自創的文字和敘述文體相當精采。這些文字顯然從西方都會單身女性生活文化而來，如singletons、smug married，或者mentionitis等。費爾汀自己也表示，她最喜歡的字是single-tons(中譯書用「單身貴族」，雖然符合台灣本土的文字使用習慣，但此四字卻難以令人喜愛)。《BJ》書的敘述文體流暢自然，絲毫不矯揉做作，獨樹一格。費爾汀自己解釋，是因爲她的朋友給她一個非常好的建議：就像要寫給一個朋友看那樣寫下去。

很多讀者以爲本書是自傳，是費爾汀自己眞實的故事，還有男性讀者在讀完書後向她求婚。《BJ的單身日記》雖是日記，但作者曾多次強調，此書全屬虛構，她認爲以日記體來呈現小說，才能使作者化身爲書中人物，更能無慮地寫出無恥的想法(像幻想與年紀不到十五歲的威廉王子做愛?)，喜歡偷窺的大眾讀者才能潛入她所描述的女性內心世界。

至於女性主義的批評，出身牛津大學的費爾汀挺有風度地辯解，「如果沒有幽默感，這本書可能會讓你不耐煩。」《BJ的單身日記》可能有幽默感，不過，小心，讀這本書除了「幽默感」外，也可能需要一些耐心。

首先，這些書都很厚（價格才能訂高些？），續集可能更厚。而且內容基本上一成不變，布莉琪的生活可以驚險萬分（如家裡牆壁有個八尺高的洞或者到曼谷旅遊涉嫌攜帶毒品被關進監牢），但布莉琪永遠不會沮喪或悲哀。日記記錄重點可分三類：一是她的精神和物質生活總成正比（如體重、卡路里、酒精度、香菸、樂透、積極思想有無）；二是她的工作及與上司相處的情形總是很糟；三是她的次社會性的生活（同性戀、new age、政治正確性）中的人物個個都奇特無比，不像正常人。

費爾汀曾說過，她寫這本書是要讓那麼多單身女性知道，單身並不奇怪，單身非常正常。不過，奇怪的是她故事中人物都那麼奇怪。其實，情節也有點荒誕（費爾汀一定會認爲此類讀者幽默感不夠讀她的書）。

說來，此書以小說呈現還不如以漫畫。據說《BJ的單身日記》拍成電影並未造成轟動，或許改編成卡通會轟動也不一定，別誤會，這兩個建議不是爲了幽默，是眞實的意見。

享樂或自虐？

——談情婦迷思

維多利亞．葛麗芬（Victoria Griffin）自承是情婦，並且寫了一本《情婦》。她搜羅、研究西方文化中所謂「情婦」的傳記、史事和神話，不只爲了討論「另一個女人」這個角色的歷史、典型和社會定位，並有意從中「檢視自己」的情婦生活。

葛麗芬以通俗並耐人尋味的文筆記錄並解剖「情婦」的迷思，雖不乏自省，但又比較像爲情婦辯解，更多是自我安慰：只有認同「情婦」的社會定位和功能，「情婦」才可能盡興地活著或愛著。

「情婦」（Mistress）不但是男人的發明，且是父權社會中男性對女性的分類，無論在西方或東方都充斥著貶義和偏執，是一個老掉牙的名詞。因此，自稱或多或少是女性主義者的葛麗芬表示自己是「情婦」，並且樂意「對號入座」，使本書徹底響著一種矛盾的基調：所謂的「情婦」既是贊成「一夫多妻」的獨立女性，同時是遵從傳統社會價值但又逃避社會秩序的怪物。

葛麗芬強調，「只要有婚姻，便有情婦」，她評頭論足的不只是現代婚姻制度，更把矛頭朝向結婚的家庭婦女，她說：「現代婚姻企圖創造平等的伴侶關係，而女人在要求平等的過程中，就不可避免地必須放棄從前扮演的角色，不僅包括無可逃避的母職，甚至包括成爲丈夫的好幫手。」她進一步說清楚：「現代社會忙碌的家庭主婦已無暇爲在外頭忙累一天的丈夫斟酒放音樂，也沒有意願耐心地傾聽他們，有誰能彌補這些空缺呢？當然是情婦了。」葛麗芬認爲，「情婦」便是現代婦女在婚姻關係中必須付出的龐大代價。

「情婦」所謂的情慾解放，乍看是一種掠奪，但無論在新舊社會中，卻又只能處於被動及比「元配」低下的社會地位。而忙著爲現代情婦角色定位的葛麗芬，不小心卻一頭栽進舊式父權社會價值標準的陷阱。忙碌的家庭主婦可能無暇體貼丈夫，倘若雙方彼此尊重和相愛，爲什麼傾聽或斟酒倒茶只是家庭婦女的義務呢？

「情婦」的出現絕不是家庭婦女單向的問題，是婚姻生活中雙方可能承受的一種分歧面貌，與情婦對象之感情態度也息息相關。葛麗芬知道，大部分與「情婦」交往的男人，不會只甘於一個情婦，但「感情關係的非法，正是愛情的明證。男人冒若干風險，就證明他還愛慕著她」。葛麗芬可能弄錯了，在非法的感情關係中，冒險的人絕不只是男人，做「情婦」的人可能必須具備更大的勇氣。葛麗芬忽略的正是，只有那些想逃離婚姻約束卻不能的男人才會尋找「情婦」的伴陪；與「情婦」和「元配」共生的感情方式，經常是那些不負責任且沒有愛人能力之男人的最佳選擇。

這裡便是從古至今所有情婦的共同命運：她們不但必須活在《崔斯坦與伊索德》的悲劇本質中，只能把分離的悲苦當成人生激情，且時而必須處於兩極對立的心理狀態裡，一種永恆身分認同的追尋和質疑，一方面自認比「元配」優越，一方面又不得不自問：我究竟是不值得被愛呢，或者我根本不要那樣的婚姻關係？

情婦因此不只有可能是佛洛依德所稱的「道德受虐狂」，可能也同時必須服膺某種程度的享樂主義。按照葛麗芬的說法，追求婚姻是情婦的下下之策，不但目標錯誤也不會成功。只有禪學那種「活在當下」的人生態度才可能讓情婦的生活圓滿，只有「愛但不求回報」的感情方式才能拯救情婦的人生。但這些說法不但容易流於自欺欺人，很可能也只是「情婦」逃避現實生活最大的藉口。

葛麗芬傳統的「異性戀」邏輯漠視了成爲第三者的其他可能，譬如「情夫」，儘管這個名詞在英文中尚不存在，但正因現代家庭婦女在婚姻之外也可能與他人發生戀情，更印證了「情婦」這個字被附加太多如玫瑰騎士般的古老社會意義。

現代女性在潛意識中極力想顚覆的也許正是傳統社會裡「情婦」典型。「情婦」這個名詞不但不再存在，含意的正是一種矛盾女性情境，對社會的屈服和反抗，一種自我與原我間的反覆掙扎，一種傾向自私或自恨並逃避現實的情感。

誰想當情婦？

別人的愛情

如果你正在談戀愛或失戀，性別又是女性，你一定也想知道別人的愛情。

這位德國女子已婚，三十一歲，在星球週刊當記者。最近都帶Howard Carpendale包包，頭髮往所有的方向長，眼睛顏色不綠也不藍，穿名牌服裝，嗓門不小，喜歡笑，笑別人也笑自己，喜歡讀畫報和吃巧克力，經常節食，努力把自己的身材維持在三十六號。她在度假時寫作，上午工作三個小時，下午在沙灘曬太陽。煮飯是她丈夫的事。她看起來就像那種你會主動把所有心事告訴她的人，常常躺在沙發上看電視，最憎恨悲慘結局，喜歡狗但不喜歡小小狗，如果沒有先想好故事的happy ending，她一本書也寫不下去。

她是目前德國最暢銷的作家，有一本叫《夜間價格》（*Mondscheintarif*，中文版譯爲《33又3/4的愛情》），意指那些半夜打便宜電話的情人，或者女生之間的感情問題閒聊，書已經賣了二十萬本，原著已拍成電影，作品翻譯成各國文字，連中日韓文翻譯版都有了。

她的名字是馮古蒂（Ildiko Von Kurthy）。他們叫她德國的費爾汀。費爾汀年紀稍大，是英國作家，前幾年的《BJ單身日記》全球狂賣。她的書和費爾汀一樣都是寫單身女人的故事，應該說單身女子追求愛情的故事。她們都有那種女性文筆，娓娓道來，句子造得很漂亮，因爲文句眞實自然，所以小說也有自傳的味道。但馮古蒂書中的人物可能更神經質，更有那種坐著喝茶都要搞出一場戲劇的本事。

她說，單相思是無聊的。她說，等待也不對，她跟費爾汀甚至跟十九世紀的珍．奧斯汀一樣都有許多女人談戀愛的規定和教條，但她的可能更大膽：妳可以和男生一起嗑藥，但在一夜情之後，請妳千萬不要第一個打電話給他。

美國作家約翰．艾爾文曾經爲小說分類，一種具啓發性或教育功能，一種是娛樂性，二者兼具才是好作品。總之，馮古蒂的作品絕對是第二種，她說過，她從頭到底都只想寫第二種，她也做到了。她的女主人翁不是在找男人，便是在等男人，但她把場景和心理寫得很仔細，因此女性讀者都讀進心裡，她們都被馮古蒂逗笑了。但一些男性讀者卻在網路上評論此書：談戀愛的女人眞的這麼神經兮兮嗎？

就像費爾汀在被問及對她作品負面評價的看法時所言，沒有幽默感的人的確很難閱讀這樣的作品。馮古蒂更明白，非女性的讀者也很難讀下去。她的書具有強烈的排他性格，她說，這些看起來神經兮兮的生活有時便是女人的生活常態。好吧，可能是還在尋找愛情或正在談戀愛的人的常態，但女人只有這樣常態嗎？不但神經質，且生活裡任何跟男人有關的事都有誇張成悲劇的傾向，到了三十歲了，還不知道在第一次約會之後，應不應該打電話給跟她約過會的人。

我愈讀疑竇愈多。但那可能只表示我比作者世故。

她不但在度假時寫書，寫作題材與靈感也都來自朋友和派對，她說她經常邀請朋友到家裡聚會，聽她們講述她們的愛情或者旅行，她什麼地方都不必去，就讓她的女主角當她的化身，她喜歡去舞廳時留在廁所聽取女人講述故事的細節，正經也好下流也好，她記錄眞實的對話。她說，女人談論愛情時最常出現的重點話題是：我該分手或留下來？

至少二十萬德國女性讀者喜歡這類小說。馮古蒂已經在兩年間取代了全德最暢銷女作家赫拉林德。在九一一事件以後，很多德國出版商都在問什麼書最好賣，答案便是女性小說。且是有關女人和愛情的小說。因爲根據出版社的調查，男人不讀書，尤其不喜歡讀小說，只剩下女人在讀書，女人喜歡讀小說。赫拉林德以前的作品都是寫大女人，一些九〇年代的另類女性，寫這些女性如何面對社會和愛情的挑戰，但馮古蒂不寫大女人，她寫像她自己那樣的人，任何女人。所以她作品認同感更高。

馮古蒂十五歲時讀赫塞的《荒野之狼》後立志當作家，她三十歲便做成作家，至少她喜歡她自己的作品，她說她只爲自己而寫，她並不是爲女性讀者而寫。她是那種人，她經常去書店，看到書快賣完了便會通知店員，並且主動把自己的作品擺在專櫃前面，她每次去書店都會買一本自己的書回家，一點也不會不好意思，因爲連自己都覺得書寫得眞好。

我快速讀完《夜間價格》，開始翻開她的第二本書《直撥》（*Freizeichen*）時，我突然明白這類書的問題了。不管是馮古蒂或者費爾汀，她們都只能寫一本，因爲續集從來很難寫，不但重複雷同，且最重要的：她們不是珍・奧斯汀，她們沒有奧斯汀說故事的本領。

多遠才算遠土？

德國根本不配統一？大作家鈞特．葛拉斯（Guenter Grass）最近出版的長篇小說《遠土》，被德國最著名的文學評論家撕成兩半。「德國統一是絕對錯誤的，不應該的，因爲德國有過集中營的恐怖作孽，德國根本不配統一，統一只會再帶來集中營，而且德國在統一的過程中，以西德的方式去毀滅東德，只會給未來帶來更多問題。統一不應該，以目前的方式統一更是大錯特錯，德國人完蛋了，與其住在這個不公不義的國家，還不如趕快移民到其他地方去。」

這些意見不是來自一個普通人，是來自鼎鼎大名的德國作家鈞特．葛拉斯。他自從一九五九年出版《錫鼓》以來，已在世界各地成名，不但是德國最重要的作家，也是最有希望得諾貝爾文學獎的候選人，他最近出版了長篇小說《遠土》，在書中大致闡述了上述他對統一的看法。

本週，全德包括報章雜誌及電視等各重要媒體，不約而同皆以葛拉斯爲題大作文章，其中最令人驚訝的是德國權威媒體「鏡報」，不但以此書爲題，而且還是封面故事。

「鏡報」封面是德國最著名的文學評論家哈尼基將《遠土》撕成二半的照片，表示他對此書的不屑與憤怒，而德國公共電視台則完全「歌功頌德」式地專訪葛拉斯，談他創作此書的歷程。搞得所有德國人都糊塗了：不曉得這本書到底是爛到不能再爛還是眞的是德國百年難得一見的文學代表作？

葛拉斯是德國作家中與政治淵源最深的一位，他本身參加左派的基社黨，對社會時事諍言不斷。前總理布蘭特在位時，他便是布蘭特最喜歡的意見顧問之一；只是建議歸建議，布蘭特也不見得採納。後來，葛拉斯對布蘭特也感到失望，不過，他對政治卻始終高度參與，前幾年排外分子滋事時，他便常常參加反排外示威，面對媒體演說，說歸說，他的話也沒有被政界重視。葛拉斯對德國政治感到失望由來已久，長年來累積的失望遂漸化爲他內心的傷痛，如今，他藉著小說創作來表達他對德國的不滿，表達德國民族的卑劣以及他的失望原本無可厚非，只是出版社促銷的字眼太聳動了。

大作家的作品究竟是好是壞至目前爲止沒有定論，但是，《遠土》風波令人注意到二件事，一是作家與政治應保持什麼距離？葛拉斯參與政治的企圖心是否造成他在文學創作上的偏移？二是德國近代史充滿荊棘和傷痛，顯然是德國創作者最好的創作題材，然而，在德國卻始終等不到傑作，是沒有天才嗎？還是如同席勒所說的，一個人若無法超越悲痛，自然無法傳神地描繪出悲痛。

（一九九五）

謬論大全也是謬論

一本由兩名德國大學教授柯雷馬和廷克勒所共同編著的《謬論大全》（*Lexikon de Popularen Irrtumer*）最近在德國上了暢銷書排行榜，雖然聲勢仍難與一年多來一直長紅的《蘇菲的世界》（人文哲學類）相抗衡，但以人文書類能如此快速竄升排行榜畢竟算異軍突起，能夠發行成功有一部分原因得歸功於書名之賜。

《謬論大全》收集了五百種作者認爲世界通行而且普遍被接受的謬論，舉凡科學、自然、地理、歷史、民俗等種種因長久以來積非成是的說法一概網羅。既然開宗明義叫《謬論大全》，很多人深怕自己對謬論毫無所知，當然就人手一冊，做好準備，以免落人笑柄。

柯雷馬和廷克勒教授在該書指出的「謬論」泰半是針對歐洲人的觀點，譬如一般人總認爲英倫多雨，事實上在義大利一年總雨量比英國還多出許多；一般人也以爲水都威尼斯一定是三步．大橋五步一小橋，其橋樑總數一定是全世界各城市中最高，其實也不然，德國漢堡的橋樑總數比威尼斯還高出很多。又譬如，很多人都以爲，林白是第一位飛越大西洋的飛行員，或者，哥倫布是第一位知道地球是圓的人，其實也不對，在哥倫布之前，西班牙及葡萄牙國王已早知悉人類所居住的大地是球體的事實。

作者也收集了很多人因望名生義而產生的錯誤印象，如以爲阿拉伯數字是阿拉伯人發明的，《謬論大全》說，其實阿拉伯數字是印度人發明的，應該改稱印度數字爲是，而二十一世紀是從西元二〇〇一年開始算起，而無以數計的現代人卻以爲是從二〇〇〇年開始算起，甚至準備在二〇〇〇年一月一日狂歡慶祝。

再譬如，人們總是以爲成天抓癢的猴子必定長了不少虱子，兩位教授在書上說，猴子身上很少長虱子，猴子抓的是新陳代謝的皮膚表皮。一般人都以爲只要有閃電必會打雷，事實上，百分之四十的閃電不會帶來雷聲，又如德國人都以爲高速公路是希特勒的發明貢獻，其實也不盡然。有些專業人士在讀完這本書後認爲，這本書稱之「大全」並不合適，其實也是作者一廂情願的說法，並非所有人都對他們在書中所提出的「事實」一知半解，更何況作者在書中甚至也犯了許多主觀的認知錯誤。最典型的例子包括，作者嘲笑大眾以爲雜碎菜（CHOP SHEY）是美國人的發明，而且不知道番茄醬是由中國人所發明，而實情並非如作者所述。

兩位作者也難逃「雞蛋裡挑骨頭」之嫌，專找一些不重要的事實下手，如大家普遍認爲自由女神像立於美國紐約，兩位作者偏偏要確定位置地點不在紐約而在紐澤西，或者，堅持大眾以爲愛因斯坦在學校的成績不好的說法不對，他們一定要指出愛因斯坦在學校時語言和運動科目雖極差，不過數學成績卻相當好。

在全世界各地呼籲戒菸的今天，《謬論大全》卻發出不同的聲音，他們對香菸損害身體的看法雖然同意，卻對吸菸者耗費國家健康福利資金甚鉅的看法並不以爲然，他們說，吸菸者不可能比不吸菸者更花費政府健康福利資源，因爲「吸菸者早死」。

儘管該書帶有強烈德國人「實事求是」的意識形態，並且可看成兼具嘲諷大眾積非成是的思考形式，不過，該書的政治立場還是令人感到不安。兩位作者在對主張回歸自然生活方式的團體（如綠黨）及第三世界國家的看法頗有歧視，如在提起所謂健康食物時，該書指出一般人認爲菠菜具有鈣質十分營養，其實根本沒有根據，還有，大家總以爲吃麥當勞等速食十分不健康，書中也大力攻擊了這個看法的錯誤。

關於第三世界的看法，兩位作者武斷地提出他們認定的「謬論」，他們說，不少歐洲人在潛意識中都接受長久以來的一種偏見，既認爲第三世界之所以貧困，是歐美西方國家早年帝國時期強奪掠擄之故，他們在書中指出，「其實第三世界的貧窮與西方先進發達國家並沒有關係」，像這樣的政治觀點暗自充斥於書中，但作者提出的論點卻難令人信服。

德國統一到底是誰的功勞？

德國統一已六周年了。統一的結果究竟是成或敗，在德國境內有各種說法。不過，十月三日德國統一紀念日這天，引人注意的不再是這類話題，大家議論紛紛的是一本由德國總理柯爾所自述的書：我要德國統一。

柯爾在這本兩位「畫報」記者撰寫由他自述的書中，詳細地說明八九年至九〇年間，他「如何造成了兩德的統一」，由於相關細節的交代頗爲精采，書一上市便造成轟動，再度證明柯爾善於爲自己造勢。

不過，許多德國歷史學者及政治學者在讀過這本書後，有不少疑問。最大的質疑在於柯爾以自我爲中心的思想，柯爾可能天眞地認爲他自己眞的促成了德國統一。他在書中只談他個人爲德國統一做了什麼，完全忽略了當年周遭的重要幕僚，譬如前任外交部長根舍，他在東德人民紛紛蓄意繞道匈牙利進入西德境內的當時，立刻奔往匈牙利，與當時的匈牙利主政者達成極有利的協定，這也是後來造成德國統一的重要因素，但是柯爾隻字未提。

再譬如前任總理布蘭特在位時致力於「東進」，與東歐及前東德和解，跟隨其前任者阿爾道爾的「西方政策」，爲德國統一鋪下可行之道，也應功不可歿，但是柯爾在書中提到他時，只說他去醫院拜訪生病中的布蘭特，兩人就德國統一交換了意見，並喝了一瓶酒，但是至於他們交換了什麼意見，布蘭特對統一有何看法，則毫無下文。

柯爾眞的相信，德國得以統一是因爲他個人強烈堅持理想。他書中敘述那一段他自認爲是歷史性及決定性的關鍵會面：一九八九年六月十二日當天，當時蘇聯領袖戈巴契夫來訪德國，兩國簽署了一項德蘇友好協定，希望藉由這項簽署，雙方未來發展朝向新的合作方向。然後柯爾帶領戈巴契夫到萊茵河邊散步。

柯爾在書上說：「我指著萊茵河對戈巴契夫說，你看，這便是萊茵河，它朝著我們流過來，它象徵著我們的歷史，它是歷史的潮流，你無法阻擋它，如果你隔絕它，它將氾濫，然後朝向大海和它的支流會合，這便是兩德的命運，也就是兩德的統一。」

他在書中繼續說，也就是這次談話，不但使他對德國統一有了更清楚的畫面，連戈巴契夫也開始對兩德統一有了全新的視野，他可以看得出來，有什麼東西在觸動並牽引著戈巴契夫的內心深處。他相信，這次的散步會談也便是兩德統一的最關鍵性談話。

一年後一九九〇年七月十五日，德國統一進入最後決定性的談判，柯爾到莫斯科去，戈巴契夫招待柯爾到他在高加索的家園小住，柯爾在書中又說：「我穿著一件黑色夾克，戈巴契夫套上一件毛衣，他帶我走上山坡，他先爬了上去，又拉了我一把，我們站在壯麗的河邊，身後是隨行的幕僚人員及無數的記者，我從來沒看過戈巴契夫如此愉悅和寬心。然後就在第二天。當雙方就兩德統一連成最後協議時，戈巴契夫一點一點清楚地在協議上肯定了他對德國統一的積極意見。」

不管是過於天眞還是過於白我中心，柯爾都是一個絕頂聰明的說故事大師，他在書中娓娓道來，十足展現了他個人的政治魅力，說起功勞，他當然不會去提起別人，但像德國統一後，他去前東德拜訪，遭到許多前東德民眾丟雞蛋這種壞事，他更是完全忘了，他究竟在一個眞實故事上虛擬了多少自己個人的企圖，只有等待後人才能評價了。

（一九九七）

參

愛上心理學

我在找一個懂得愛的人，一個不會處罰別人，
或將感情關係變成牢獄，甚至使人枯竭的人……

情人
麥田捕手

愛上心理學

我的名字叫史碧爾埃，我曾經也是一個人類。

這本日記和書信集是以這個句子爲首，在七七年於瑞士一家醫院被人在一箱行李中發現，一直到近幾年才得以公開，寫的人是周旋在榮格和佛洛依德之間的一名女子，莎賓娜・史碧爾埃（Sabina Spielrein），她是榮格的病人、情人兼心理醫生，與佛洛依德也有長期神祕的來往，她站在二大宗師學界的分水嶺上，寫信時的她名不見經傳，但是與她通信的二人卻是心理學的代名詞。

這本日記和書信集公開後，史碧爾埃的故事立刻受到注目和垂青，她和二位大師的關係也成爲二十世紀心理學上一段無可磨滅的動人歷史。

一九〇四年八月十四日，出身俄國猶太富家的史碧爾埃由叔父和警察陪伴，來到蘇黎世伯格候茲里醫院，當時她還不滿十九歲，行爲激烈反常，具暴力傾向，又哭又笑，聲稱來自火星，並堅持自己並未發瘋，只是情緒惡劣和頭痛。當時，三十歲的榮格受到佛洛依德的歇斯底里症理論影響，開始以新的眼光和立場來探索此病，而伯格候茲里醫院駐院心理醫生是他第一個工作。

在來到伯格候茲里醫院之前，史碧爾埃已在蘇黎世海勒精神醫院待過一段時間，藥物罔效，病人頭痛症狀嚴重，也曾幾度尋死。榮格和她面談，當天他便在診斷書上寫下歇斯底里症。之後，並爲她展開一段長達近兩年的心理治療，一直到一九〇五年，史碧爾埃受到他的鼓勵，病情好轉後，開始在蘇黎世醫學院心理系註冊就學。

以今天的心理學角度來看，史碧爾埃的現象稱之邊緣性人格（Borderline Personality）可能更爲恰當。當時，佛洛依德認爲歇斯底里症是來自對性的壓抑，他著重的是普遍現象解析，而榮格卻開始走上自我的道路，他並未全盤否認佛氏的看法，但有意在普遍人爲現象中強調個人的背景和性格等因素。

按照榮格當年在伯格候茲里醫院的紀錄，女病人的父母本身關係不好，父親嚴厲且有憂鬱症，雖愛孩子，但也當眾鞭打和羞辱女兒，並動輒以自殺威脅家人和女兒。史碧爾埃深愛父親，她的愛不但痛苦並糾纏著恥辱虐待和自虐，她後來向榮格表述，父親痛打她屁股時，她會得到性高潮。不但父親，她的母親也打她，史碧爾埃十四歲時便因母親責打她，而在俄國老家冬天想活活在地窖中把自己凍死。

因此榮格認爲，史碧爾埃在伯格候茲里醫院的種種行爲都與她和父母相處模式有關。病人在醫院會想辦法違反醫院規定，刻意要得到醫護人員的處罰，她要在處罰中得到活下去的快感。而且因爲愛上榮格，她拒絕痊癒，她怕離開醫院。

仔細讀榮格對史碧爾埃的紀錄，及史氏和榮格與佛洛依德的書信，不難發現史碧爾埃是一名精采的女病人，聰明絕頂，才華過人，如果心理醫生在這個行業中需要有所發揮，無疑她便是最有潛力的個案，想必她的想像力及聯想力會激發心理醫生無窮好奇和解析。當時榮格潛心研究歇斯底里症，而史碧爾埃便是求之不得的案例。

史碧爾埃在心理治療過程中愛上了她的心理醫生，一天榮格因公事無法爲她應診，她自虐抗議，引起榮格注意，從此專注照顧病人，並引發戀情。史碧爾埃在日記上寫道，死後只想得到榮格的祝福，而鍾愛石雕的榮格則送給她一塊小石塊，榮格說那是他的靈魂，他要史碧爾埃終身保管。

那個時代的蘇黎世逐漸成爲人文精英聚集地，達達主義在那裡起源，發明相對論的愛因斯坦隨後也搬至當地定居。史碧爾埃在蘇黎世醫學院時期與榮格陷入熱戀，曾有一度，二人相偕觀賞「崔斯坦與伊索德」歌劇時，榮格因戀愛的喜悅居然走出歌劇院痛哭失聲。

當時榮格已婚並育有一子，在心理學界剛建立了聲名。他全愛史碧爾埃的訊息在二人書信中透露無遺。一般人都會認爲，史碧爾埃有戀父情結，終生一定在尋找一個父親，但無疑地，榮格也在尋找一個母親，而史碧爾埃對榮格而言正是母親的原型。一九〇八年，史碧爾埃致信她在俄國的母親：

榮格愛我正像我愛他……他是我父親，而我是他母親，或者我是他母親的代替品，他和那代替品關係深不可離……榮格兩歲的時候，他母親患了歇斯底里症……而現在他愛上一個歇斯底里症病人，而我愛上一個心理病患……

那時史碧爾埃便已發現，榮格必須透過對她的關係，改善從小對母親的疏離之感和焦慮，甚至他必須透過史碧爾埃來重建他對母親的責任。榮格日日夜夜無盡無止地想著史碧爾埃，但之後伴隨的是更多的懺悔，她是神聖不可侵犯的，他經常向她道歉，他時時刻刻認為他有責任照顧她。

不只在心靈和性慾的轉化如此契合，榮格在夢的分析一事上也受到史碧爾埃不少啓發，史氏在圖畫形象與心理關係上卓越的分析感，使用簡單直接的造句表達內在或直覺，使榮格相當驚訝及受吸引。榮格後來也認為，史碧爾埃使他在佛洛依德的歇斯底里研究外找到一個位置，他本人和史氏在知性上有極大的互動。

但榮格在一九〇八年毅然決定結束這段動人魂魄本質錯亂瘋狂的愛情關係，根據史碧爾埃的說法，榮格分手的理由是愛情若持續，將毀掉他的事業，榮格是個以事業為重的人。史氏的看法大致也沒錯，但榮格在一封分手的信上這麼寫：

我在找一個懂得愛的人，一個不會處罰別人，或將感情關係變成牢獄，甚至使人枯竭的人……還給我愛和耐心、以及將自我抽離出來吧，那些東西我在妳患病期間全部給了妳，現在我自己病了。

暴怒的史碧爾埃以刀子將榮格刺傷，這段戀情雖未擊倒她，或許也帶給她新生的力量，使她後來回到俄國在心理學領域留下可貴的成績，但是沒有出口的感情陰影也跟隨了她一生。

榮格在遇見史碧爾埃前已經看到自己在心理分析理論上與佛洛依德的不同，他也提過愛能治療的說法。而與史碧爾埃相愛似乎有些反諷。也許有人會認爲，心理醫生聽取病人全部內心祕密，他們很容易操縱病人的情感，但榮格與史碧爾埃的戀情如果得到寬容和同情，原因很簡單，如果一個心理醫生不付出他自己的靈魂，他將如何拯救病人？一個人只有在靈魂上與另一個人靠近，才可能對別人心智產生影響。批評榮格與其病人發生外遇關係的人，可能忽略病人和心理醫生互動的機制，只有靈魂才能召喚感覺，也只有感覺才能拯救靈魂。

和榮格分手後，史碧爾埃在蘇黎世醫學院完成學業，並且決定前往維也納去見佛洛依德，從此也成爲佛洛依德的門人。佛洛依德在一封信上向她訴說同文同種的情感：生下來是猶太人，便終生是猶太人，（我們）不會被理解和接納。榮格在與史碧爾埃交往前後常和佛洛依德寫信談起史氏，他們暱稱史碧爾埃爲「那小的」（die Kleine）或「那聰明的腦袋瓜」（der feine Kopf），佛洛依德一方面給榮格許多愛情建議，另一方面卻對史碧爾埃也產生極大的好奇，他勸導史碧爾埃切斷榮格給她的影響，甚至要她不要忽視她對榮格的憤怒，史氏和佛洛依德後來展開通信關係，從書信外界雖無法得知兩人是否有肉體關係，但卻不免神祕而曖昧。在一封史碧爾埃致佛洛依德的信上，史氏向佛洛依德陳述對方在她的夢中長了乳房，史碧爾埃自己認爲她可能向佛洛依德尋找一種母親的愛。如果要追尋榮格與佛洛依德後來分道揚鑣的痕跡，佛洛依德捲入他與史碧爾埃的關係也是重要事件之一。一九一二年佛洛依德去信給史碧爾埃：

……所以妳結婚了，但我關心的是妳對榮格還有一半的精神依賴，不然妳不會決定結婚，另一半仍然存在，問題是那應該怎麼辦，我是希望妳完全走出來……我們同意妳會在十月一日以前讓我知道，妳是否願意逃離他的專制來和我做心理分析……

史碧爾埃專攻兒童心理學，畢業後去過日內瓦、柏林、莫斯科等地，二〇年代返回俄國定居，嫁給一位俄國醫生，生了兩個女兒，並在家鄉洛斯托夫市開辦一個兒童心理醫院，那也是蘇維埃第一個兒童心理醫院，連史達林的兒子瓦斯利也在她的醫院待過，史碧爾埃不但是女性心理學先驅，也是俄國心理學界的拓荒者，不過，她的婚姻並不幸福，不但她對榮格念念不忘，榮格也沒忘情於她。一直到一九一九年榮格仍然這麼寫：

史碧爾埃對榮格的愛使得後者明白他之前粗略的懷疑，他懷疑潛意識塑造命運的力量何在，而現在他才明白那力量的重要性，那關係必須昇華，因爲唯有如此才不會走入幻想和瘋狂。

有時爲了活下去我們必須毫無價值地活著。

榮格未說明潛意識塑造命運的力量何在，他在信上強調的是關係的昇華，所留下的印象便是，只有如此才能解決他和史碧爾埃之間由兒時經驗轉化而來的致命吸引，榮格很清楚知道他在分析理論上受益於史碧爾埃甚多，但他和史碧爾埃可能畢生都無法釐清，爲什麼精神罪惡會帶給他們如此痛苦的愛，且終其一生都不能逃離。

史碧爾埃雖在俄國建立心理學家的名聲，但史達林卻看不慣史氏自由的作風，更不容許心理分析中有關性的學說，史碧爾埃必須為佛洛依德捍衛，她不時便受到祕密警察的騷擾，而一九四二年納粹東征俄羅斯後，在洛斯托夫城一家猶太教堂內，史碧爾埃與兩名女兒被納粹當場槍擊身亡。

兩個天才，兩本筆記

——達文西與波依斯的世紀對話

達文西（Leonardo da Vinci）與波依斯（Joseph Beuys）有什麼相同之處？一個是文藝復興時期的繪畫大師，一位是歐洲戰後最重要的前衛觀念藝術家，以同時代人的眼光來看，他們的共通點便是兩人都是瘋子，但是這兩個瘋子對人類文化和藝術的影響卻無比深遠。

馬德里筆記

在本世紀最後一個冬天來臨時，德國慕尼黑藝術之家（Haus der Kunst）策劃了上述二人的世紀對話，堪稱世紀末德國展覽界的盛事之一，展出達文西在一五〇六年至一五一〇年創作的筆記（Codex Leicester），對照本世紀的觀念藝術先鋒波依斯在一九七五及七六年以達氏爲題所創作的筆記。在慕尼黑展出後，將在柏林繼續展覽，並將結合網際網路科技展現達文西科學觀。透過波依斯的眼光，達文西筆記因而有了全新的面貌。

達文西的筆記是在一九六五年在馬德里國家圖書館再度被發掘，故也被命名馬德里筆記。該筆記被有意埋藏多年後，終於引起世人的注意，達文西六十多歲後創作的筆記本內，記錄了他上自天文下至地理的人文知識，內容令人嘆爲觀止，而且該筆記本竟然以鏡子反射文字倒著書寫，洋洋灑灑、密密痲痲，難怪他被同時代人認爲有點瘋狂。

馬德里筆記最後流入拍賣市場，由美國微軟總裁蓋茲購下，也從此有緣公開在世人眼前。五年來，世界各大城市紛紛爭取展出達文西的九十六頁文字加素描手繪稿，有趣的是，各個城市都費盡心思想出一個符合該城市個性的專題，紐約著迷於達氏深入及超越時代的自然科學研究，西雅圖則醉心於大師人文思想對二十世紀的影響，威尼斯人注重的是達文西筆記有關水、溝渠與潮汐的研究，在德國，德國人自然便把大師與本世紀現代藝術觀念第一人波依斯相提並論。

波依斯的註腳

波依斯大約在一九七〇年看過達文西筆記，一九七五年起他以達文西筆記爲題，開始在一本毫不起眼的筆記本上以文字和繪圖記錄他的創作，其中有隨筆，也有波依斯對達文西筆記的註腳及波依斯自己一些作品的草稿。

波依斯與達文西簡直就像南極與北極，古典與現代。波依斯以達文西爲題，除了創作的藉口及他開放、現代的藝術觀念外，其實也有跡可循；波依斯小時候也沉浸於自然科學，甚至在學生時代修過植物學，成長於荷德邊境的他一向對科學有所偏愛。而達文西則稱自己爲機械工程師，他是那個年代最後一個有遠見的人文學者，也是第一個結合科學和藝術爲一體的藝術家。

兩個瘋子

達氏在筆記中記錄的是他對世界的想像。宇宙是一個活動的身體，而土地是肉，山巒是骨頭，海洋及河流則是血液，火山是靈魂，潮汐是脈動。達文西啓動波依斯的聯想：土地對我說話。

一四六九年達文西已在維候秋（Verocchio）成名，那時他才二十歲。一五一三年，他被羅馬教皇聘爲御用畫家，當時他的同行如拉斐爾或米開蘭基羅都在用心畫畫，只有他一個人在畫室淨做些奇怪的事，諸如在房間裡掛滿了吹脹的羊腸，或整天把玩不同的鏡子，否則便從早至晚只研究顏色，若有貴族前來請他畫畫，他唯諾不置可否，卻兩、三年沒有動靜。爲教皇前往調查畫家進度的人在報告上寫下評語：此人可能瘋了。

六十歲的達文西已經是自然科學思潮的前驅，那一年，他開始在九十六頁筆記紙上展開一項艱難的任務：描繪宇宙的準則，題目便是大地的身體。而這個題目一直召喚著波依斯，並深深影響著他。

在波依斯的年代，波依斯的作品經常也被人論斷爲瘋狂行徑，如「肥的角落」裡一塊塞在角落的肥油，或者鋼琴上的帽子，當不知情的民眾將肥油丟到垃圾桶後，立刻引起官司及軒然大波。在世紀末的今天，絕大多數的觀念藝術家都仍無法超越波依斯，波依斯的影響在各個領域中無遠弗屆。

達文西和波依斯是兩個夢想家，兩個天才，也是兩個童心未泯的傢伙及兩個瘋子，誰更瘋呢？（或者更天才呢？）無庸置疑，還是十五世紀的達文西，只有他才想得出來，以鏡子反射的文字倒著書寫。

替布萊希特寫作的女人

今年是戲劇大師布萊希特（Bert Brecht）一百歲冥誕，許多布萊希特的傳記、作品及文集也趕著在今年印行出版，相關的報導及評論又再度充斥於德國媒體，其中最聳動的一則傳聞是：布萊希特利用女人成名，他的作品皆由女人在床頭捉刀。

這個聞所未聞的說法立刻在西方文藝界引起廣泛的討論。畢竟，過去一百年來，布萊希特是西方戲劇史上最舉足輕重的名字。

布萊希特一八九八年出生於德國南部，他先去慕尼黑大學就讀戲劇系，很快便開始撰寫劇本，一九二八年，他的「三便士歌劇」（乞丐歌劇）一舉成名，布萊希特很快便享譽世界各地，由於是共產黨員，在納粹的迫害下，於一九三三年移民丹麥，一直到大戰結束後才搬回德國在柏林定居，一九五六年心臟病突發，撒手人寰。

布萊希特在生前與不少女人有過交往，私生子也不少，他逝世之後，便發生過女兒爭奪遺產及版權的事件。有人便說，布萊希特一直以「無產階級詩人」的頭銜自豪，但其實他一點也不貧窮，不但喜歡抽高級雪茄，穿名牌服飾，而且還頗好女色。

但是，這些說法都還不足以困擾布萊希特迷。最令愛好這位大師的人感到不滿的是，今年美國出版了一本《布萊希特傳記》（*Brecht & Co.*）的作家，John Fuegi在他的書中指陳：布萊希特的作品其實皆是與他同床的女人的靈感或主張，布萊希特利用她們的作品成名，是個自私自利的大男人，是利用別人才華的霸道作家。

因爲布萊希特和他的女人們如今都已在黃泉之下，死無對證，John Fuegi的說法令人存疑。

相反地，與布萊希特交往過的女人大都在生前承認，她們之所以深愛布萊希特，乃是他的才華過人，所以才付出青春，無怨無悔追隨著他。無論是海倫·懷格（布氏作品最成功的女演員），或海格麗特·史蝶芬，甚至伊利莎白·雷夫曼及丹麥女作家胡絲·貝勞等人，都是在與布萊希特陷入熱戀後，紛紛成爲他的工作夥伴，或者說得更清楚些，成爲布萊希特的文字祕書，不但得和他溝通討論劇情，還得替他抄抄寫寫。

伊利莎白·霍夫曼便是一個很好的例子。她除了美貌外，還有不少語文天才，對戲劇藝術更有一份少有的鑑賞能力。當年就是在她的引介下，布萊希特開始讀「乞丐歌劇」的原著，這個劇本出自英國劇作家約翰·蓋依的手筆，但當年的演出並不成功。布萊希特在看過由霍夫曼一手翻譯的劇本後，做一番更動，邀請當年作曲家Kurt Weill爲該劇作曲，並改名「三便士歌劇」，首演即造成各界轟動。

戲劇史專家對此事有不同的詮釋，他們認爲，「乞丐歌劇」雖是蓋依的原著，但是布萊希特卻將原劇的陳舊文句改換成充滿生機及詩意的文辭，況且，一些結構上如劇情的更改才是後來該劇盛行不衰的主因。

他們的意思顯然是：大師不是抄襲，是化腐朽爲神奇。

令人難受不安的攝影

美國戰地攝影家詹姆斯・納威（James Nachtwey）這幾天在伊拉克受了重傷，至今還昏迷不醒。幾年來我一直很注意他的作品，他的戰地攝影充滿人性的脆弱和創傷，摒除了幻想和色彩的可能，只剩下黑與白的對比，他的鏡頭便是對不公不平的抗訴，也是對人類的最大懺情。

他無時無地不在戰爭的現場，他以畫面陳述他對戰爭的看法，那些照片不但獨特且具震撼的即時性，構圖完整到不得不令人驚嘆：一葉知秋！每張照片都是深入到皮膚下的戰爭質疑。在那些特殊、無人能及的時空下，他是一個少有人類事件的見證人，他的攝影都是證詞，恐怖證詞，他以攝影說明他對那些事件的感受：那些事件不該被人遺忘，但也不該再度發生！

我正在翻閱他的攝影集《人間煉獄》（*INFERNO*），這本書象徵著二十世紀人類的災難和損失。我想到他在一次訪問中所說的話：「我想喚醒人們，想改變人類集體潛意識，我一直想拍攝的就是那些會讓人整天不舒服的照片，我想阻止所有的悲劇一而再地發生。」

詹姆斯．納威做到了，他的攝影的確令人難受不安。但人類的悲劇無論是因權力或愚昧而來，卻從來沒有停過，詹姆斯．納威受傷那天正坐在駐伊拉克美軍的吉普車裡，隔天，海珊被逮捕了。他的使命感將他帶到人間煉獄了。

詹姆斯．納威一九四八年生於美國麻州，大學學的是藝術史和政治學，畢業後當過卡車司機，自修攝影，擔任小報攝影記者，越戰和美國公民運動影響他很深，一九八一年起前往貝爾發斯拍攝北愛節食抗議，從此是著名MAGNUM的攝影師，前往世界多地拍攝過饑荒和戰爭，他是《時代雜誌》的戰爭代言人，也是舉世聞名的戰地攝影家。

詹姆斯．納威是一個穿燙過的白襯衫去戰地工作的人，從不與任何人在戰地工作之後聚會相濡以沫，菸酒不沾，且總往最危險的地方走，永遠是到最危險之處。他服膺一種戰爭攝影的學說：如果你拍得不夠好，那一定是因爲你不夠靠近。他站在丟手榴彈的巴勒斯坦人旁邊發抖，在發出重度惡臭的科索夫集體丟屍的野地掩鼻……然後回到五星級旅館，換上洗燙的睡衣，喝一瓶瓶的礦泉水，吃簡單的三明治，準備明天又一天的工作。

他在幹什麼？像他自己說的，是一位使者？或者更像傳道者？像傳道者般向世人傳述他對戰爭的看法？像吸血鬼般靠戰爭出名賺錢？選擇在最有限時空最大人類衝突下做內在自我表達？主張社會正義？喜歡冒險犯難刺激？追求眞相？眞相是否有時只是幻象？

除此之外，我若對他的工作還有一絲疑問，應該是紀錄片上有人問他：爲什麼不害怕？爲什麼不停止？他想都沒想便回答：我有一個守護天使。當我聽到這句話時我非常震驚，那是今年五月，後來他又去了伊拉克，他是對的，他是美國人他該去，但這次守護天使並未保護他，他可能再也不會醒來了。

為仇人演奏

艾瑪・羅賽（Alma Rosé）的故事像一部好萊塢電影，古典音樂評論家理查・紐曼花了二十二年探尋她傳奇如電影般的一生，寫出一本令人驚嘆的傳記。

艾瑪・羅賽於一九〇六年出生於維也納，當時的維也納是藝術和音樂之都，而羅賽出身音樂世家，她的舅舅便是鼎鼎大名的馬勒（Gustav Mahler），母親是馬勒的妹妹，一家人都是音樂家，父親是當時維也納歌劇院交響樂團團長，與許多作曲家如荀伯格等都是好友。艾瑪六歲起便會拉琴，很快便展現其音樂天賦，不到二十歲便成爲小提琴家，在歐洲各城市巡迴演出，二十四歲那年她決定自組樂團，團名取得非常現代，叫「華爾滋女孩組」（Waltz Girls），沒想到一夕成名。

華爾滋女孩組在艾瑪的督促訓練下，有驚人的高水準表現，連一向在業界以嚴格出名的艾瑪父親也相當激賞，甚至願意充當顧問，羅賽先生在那個年代是維也納的音樂教父，華爾滋女孩組受到歐洲人的歡迎，在二次世界大戰之前各城市邀約不斷，艾瑪也成爲樂界閃亮的明星，她隨後嫁給捷克小提琴家皮候達爾（Prihoda），但卻很快離婚。

艾瑪天生麗質，看起來就像默片女明星，有Diva的架式，琴藝絕佳，婚姻雖不幸福，但追求者眾，人生處於發展的高峰，可說既有才華，又有名氣，一切如願，只是她有一個問題：她是猶太人，隨著納粹的崛起，她與當時幾千萬名猶太人一樣面臨了人類有史以來最殘酷的民族命運。

艾瑪的家人開始踏上逃亡之路，艾瑪的兄弟後來輾轉到了加拿大，有一個弟弟到現在都還活得很自在。艾瑪當時錯估形勢，一直認爲自己持有捷克國籍，問題不大，一九三八年，納粹佔據奧地利，艾瑪才於同年逃亡到倫敦，到一九四二年，她都認爲瑞士是中立國，她在那裡住了半年，沒想到卻被友人出賣背叛，艾瑪於一九四三年被納粹逮捕，立刻被送到位於奧地利的波肯腦集中營。

但是命運和艾瑪開了一個荒謬的玩笑。一九四三年到了波肯腦後，雖是納粹俘虜，但憑著音樂的天才，讓納粹將官驚為天人，得到與眾不同的待遇，據一些當時也在波肯腦集中營的人士回憶，艾瑪是唯一獲准保留其皮草大衣和私用品的人，她獨自擁有一間自己的住房，不但有個人浴室，房間裡還有壁爐，剛剛抵達集中營搞不清楚狀況的人還以為她是集中營的高級長官，哪曉得她也是囚犯！

波肯腦住營的納粹將領決定由艾瑪在集中營區裡成立一個女子樂團，艾瑪在集中營裡挑選了四十位女性，其中有許多仍是未成年的孩子，這個女子樂團不必參加勞動，只需聚在一起練習演奏，納粹軍官白天對猶太人趕盡殺絕，到了晚上卻來出席聆聽艾瑪的音樂會，個個陶醉在艾瑪樂團的音樂中，視艾瑪・羅賽為女神的化身。所有到了集中營的猶太人全部的身分認同只剩下一個刺青號碼，連名字都被人刻意遺忘，只有艾瑪走到哪裡都被德國納粹尊稱為羅賽夫人。

一位叫亞妮塔・拉斯卡的大提琴家當時便是營裡的小女孩，她回憶那些時日，認為艾瑪刻意救了好幾個女孩。艾瑪時時刻刻穿著得體看起來非常高貴，她從來沒有接受過自己住在集中營這個事實，她從來不問現實生活，日以繼夜地投入音樂工作，在她的帶領下，波肯腦女子樂團的水準連一流樂團也不遑多讓，包括拉斯卡在內的幾位女孩在戰後也都成爲著名的音樂家。

不管是好日子或壞日子，一九四四年，一場怪病突襲艾瑪，她因食物中毒而一病不起，以猶太人做過許多殘酷醫學實驗的名醫孟爾勒還特別親自照顧她，卻沒有救回她的命，孟爾勒相當惋惜。

因爲波肯腦集中營女子樂團只爲納粹愛樂迷演奏，多年來也有人非議艾瑪的行徑，認爲艾瑪應保持沉默。但是艾瑪並沒有權利選擇自己的命運，也沒有權利選擇自己的聽眾，沒有經歷過集中營生活的人又該以何種道德來評介艾瑪？

艾瑪．羅賽一身才華卻眞是生不逢時，由歷史相片上看來，艾瑪在演奏小提琴時表情溫柔亮麗，眼睛清澈明亮，沒有人看起來比她更美，但造化何奇離譜，她到頭來卻只能爲殘殺自己同胞的納粹演奏！

希特勒的愛人

出生於柏林的李芬・史達爾十日在慕尼黑史坦伯格湖家中過世，她一年前才破例盛大慶祝其百年誕辰，引起媒體的注目，她本人不但是希特勒所愛的女人之一、納粹美學精神代表、最具政治爭議性的歷史性人物，也是百年來最重要的攝影家、導演和演員。

李芬・史達爾集才藝及美貌於一身，少女時期以舞藝聞名，隨後投入電影事業，她自導自演的電影「藍光」受到希特勒垂青，從此爲希特勒拍攝文宣片如「奧林匹克運動會」或「意志的勝利」。她體力過人，是二次大戰前傑出登山家，爲了攝影，五十歲深入非洲探險，七十多歲開始去澳洲學習潛水。有人形容她的一生是希特勒、珊瑚與黑人世界。

李芬・史達爾被納粹領導人捧上第三帝國的天堂，但在二次大戰結束後卻墮入地獄，被迫出席戰後審判聽證會，四十場官司，隨後隱居慕尼黑，度過二十年貧困生活，對自己爲納粹黨拍宣傳片一事至死沒有悔恨也無良心不安，她的說法千篇一律，半世紀以來從未改變：「我對崛起時期的希特勒印象很好，我不知道他會仇殺那麼多猶太人。」一九三六年至三九年爲希特勒拍攝的「柏林奧運」及「納粹黨集會日」是「純粹的紀錄片，不是宣傳作品。」「我是藝術家，對政治並不清楚。」她甚至說：「我對眞相沒有興趣，我只對美的事物有興趣。」

李芬・史達爾畢生獨身，但崇拜者無計其數。納粹領導人戈伯爾暗戀她，甚至在私人日記裡記載對她的欽慕，連希特勒也想一親芳澤，有一次甚至趁機吻她，但她說她對領導人並無興趣，外界只知道她在七十多歲後有一個年紀小她一半的男友。

李芬・史達爾一生相當奇特，她的美貌和才華使其人生際遇充滿變數。戰後她因成爲眾人指責對象，避居慕尼黑，從此過著隱姓埋名的生活，一直到六〇年代她才重新拾起相機，彼時，她深入非洲，拍攝非洲土著，以純粹美學觀點記錄土著胴體，那些照片美得驚人，令人不敢忽視她的才華，八〇年代她遠赴澳洲潛水拍攝海底世界，留下不同凡響的海底生物紀錄。

她早年作品雖遭人質疑具政治動機，矛盾的是，作品中成就的納粹式美學典範，至今無人可以超越。多年來，許多流行文化如MTV攝影作品，如廣告攝影，甚至在二十一世紀的運動攝影中，都無人能超越她的成就，她的作品一再被模仿、重現、再造。她留下絕無僅有的藝術影響，但現代人完全遺忘了她的名字。

記得她名字的人至今沒有停止對她的攻擊，包括她早期拍電影時，因需要吉普賽演員，獲得納粹許可，到集中營找到幾個臨時演員，其中一個叫溫特的猶太女演員，在戰後存活下來。溫特及她家人至今仍不停抨擊李芬・史達爾，指她當年利用她們，電影拍完後便將她們丟回集中營，溫特度過極悲慘的一生，她對李芬・史達爾在戰後的說法：「我並未歧視猶太人，我也不知道希特勒後來那麼歧視猶太人，我自己便有猶太朋友，有的人還和我拍過電影。」尤其不滿。

李芬・史達爾最近接受訪問時自承，她個性率真，且一生只活在自己的藝術追求中，內心世界沒有任何政治動機，她不會玩弄任何人，但她是個絕對自我中心的人。在面對藝術時，只有「自私」的投入，因爲對她而言，藝術遠勝於其他。她的說法道盡她的人生與納粹不可分割的無奈，另一方面，仍有不少人認爲，藝術家應該要爲政治負責，她的說法只是替自己爲納粹當殺手脫罪。

李芬．史達爾一生的評價爭議不休，但她的藝術成就已成爲經典，這點將無人可超越。

一段詭異的德國歷史

吉佑姆是前東德情報首領渥爾夫一手提拔的優秀情報人員，布蘭特是曾獲諾貝爾和平獎的德國前任總理，在去逝十一年後也成爲德國民族的精神人物代表，這兩個人竟然能在七〇年代間共處一室多年，寫下一段德國現代史上最詭異的歷史。

這幾天，一部有關布蘭特的電視連續劇得到超高收視率，布蘭特的生平事蹟再度引起廣泛討論，尤其是布蘭特和吉佑姆互動的那段歷史。這部由全國聯邦電視台以大幅經費製作播出的布蘭特影集大受注目，很多人想一探究竟：布蘭特的兒子馬提亞德·布蘭特到底如何飾演影響布蘭特一生最關鍵性的人物吉佑姆。

十一年後，德國人重新發現他們的政治精神領袖，沒有布蘭特則沒有德國統一甚或歐洲統一。布蘭特一生充滿傳奇，從小便展現其大時代的領袖氣質，十九歲因參加反抗納粹活動遭通緝，逃亡至挪威，在奧斯陸接受教育，但隨後納粹佔領挪威，再度逃往瑞典，從事新聞工作，成為北歐媒體的駐柏林記者，後又加入瑞典駐德代表團，從此踏入政治，戰後成為柏林市長，也一路由外交部長做到總理。

布蘭特具有卓越的外交遠見，在任內推動東進政策，與蘇維埃和波蘭和解，並積極與東歐共產國家對話，一般歷史學家皆肯定他對德國統一的巨大貢獻。撇開政治願景和手腕，布蘭特的性格和情感生活似乎相當複雜，而重用吉佑姆一事便是最突出的例子，此事也造成他的人生悲劇。

一九七四年四月二十四日，布蘭特從國外訪問返回波昂，當時的德國前內政部長根舍在機場迎接他，並帶給他一個不可思議的訊息：他的親信幕僚吉佑姆已被捕了，罪名是間諜罪。布蘭特多年朝夕相處的機要秘書吉佑姆是道道地地的東德間諜，他被當時東德情報局局長渥爾夫收買，潛伏在德國總理府多年，並且從默默無名的秘書做到布蘭特身邊最重要的幕僚，任何人要與布蘭特連繫都得透過他。

布蘭特從那一天墮入人生及事業最低潮，在獲得訊息後，他仍然繼續他的選戰之旅，但各方指責紛至沓來，不少選民還拒絕參加選戰活動，使得布蘭特抑鬱到一度想尋死。十二天後，布蘭特辭去德國總理職務，從政治風暴中抽離，但人生也投下了陰影。

據布蘭特的自傳和回憶，他其實對吉佑姆相當不耐煩，但並非因爲吉佑姆工作不力，相反地，他發現吉佑姆比別人更敬業負責，很多事情交給他令人放心，布蘭特的兒子爲了演出吉佑姆這個角色做了很多功課，他發現吉佑姆相當崇拜他父親，似乎人生目標只爲了討好布蘭特。很多人懷疑吉佑姆有輕微的人格分裂傾向，他也一樣崇拜前東德情報局局長渥夫。

吉佑姆極可能在追隨布蘭特多年後，有心脫離間諜工作，但那是一條不歸路，他在入獄後，曾託律師告知布蘭特，他對不起他，以及請布蘭特放心，他絕不會說出任何一句與布蘭特有關的事，他甚至寫信給布蘭特請求對方原諒他。吉佑姆果然在獄中保持沈默，他什麼都沒說，到目前爲止，大家只知道他的名字和照片。一般只知道，調查局和檢察官不斷地詢問他同樣的問題，使他極爲憤怒：「你們是在網羅我的罪名還是布蘭特的罪名?」吉佑姆經年累月陪伴布蘭特，自然知悉布蘭特的外遇不斷。

一些史家認爲，當年內政部長根舍早已知道吉佑姆是東德間諜，是他要求布蘭特不要打草驚蛇，布蘭特聽從他的建議，沒想到一年後根舍突然逮捕吉佑姆，將了他一軍。而布蘭特也看出若自民黨的根舍下台會引起內閣分崩，在顧全大局下，自行辭職，寫下這段詭異歷史的句點。

事情發生時，布蘭特的幼子馬提亞斯十二歲，他曾多次看過吉佑姆，對當時家中的沈悶氣氛印象很深，印象最深的一件事便是，有一天晚上他和父親坐在客廳看電視新聞，當時新聞大篇幅集中報導吉佑姆和布蘭特，布蘭特先是不發一語地看著，看完節目，他突然狂笑不已，然後便走出客廳。

早年讀法律但很快便投入演員行業的馬提亞斯表現脫俗，他自承從小到大對吉佑姆這個人物十分好奇，出演這個角色對他的演技是一大挑戰，他以客觀無評斷的角度演出吉佑姆，相當大的程度上顯露了他對政治家父親的追念和關懷。

我到底背叛了哪個國家？

前東德國家安全部情報總管局局長渥爾夫（Markus Wolf），有全世界最會辦案的情報人員之譽，繼前東德總統何內克之後，統一後被迫出席柏林憲法法庭的審判，罪名是涉嫌叛亂，他的一句答辯：「我到底涉嫌叛亂了哪一個國家？」令代表德國最高法庭的大法官皆無辭以對，輿論爲之譁然。

一九五八年渥爾夫擔任前東德情報總管局局長以來，無數的人都想一窺他的廬山眞面目，但在幾近二十五年的時間中，卻沒有人看過他，西德情報局最高檔案資料裡進只有一張模糊的兩吋半身照片，後來更發現，照片中的人竟然也不是他。

渥爾夫的「豐功偉業」非常多，最著名的例子是七〇年代的「布蘭特案」，那年，有人發現總理布蘭特辦公室內一名雇用多年的祕書竟然是來自東德的情報販子，社民黨總理布蘭特因此辭職下台，而那位叫吉佑姆的祕書便是由渥爾夫一手栽培，混入西德政界當眼線的情報人員。

這些年來，有機會見過渥爾夫的人，無不爲他個人丰采折服震懾，他不但健談，反應極快，而且記憶力特佳，他能在一群初識的人中，將每個人的姓名、職業，在介紹一次後便記得一清二楚，離去前複述如流，令人印象深刻，前西德反情報處處長海納布許，便曾公開表示對他毫無惡感，而且一直有心結識他。

渥爾夫辦案手段殘酷，但他從來手不沾血，前蘇聯KGB的重膒伎倆非他所喜，他擅長運用部底策略，用人非常高明，而且當時爲他效勞，更確切地說，爲東德最高政權效勞的人民，對打擊西方資本主義制度忠誠不二、視死如歸的態度，也使西德情報人員的辦案效率只有望塵莫及。

出身書香門第的渥爾夫，父親是醫生作家，哥哥是導演，他多少也遺傳了一些藝術細胞，博覽群籍、文質彬彬，上自天文下至地理無所不知，由於擅於交談，爲人處事毫不虛僞，不帶官僚架子，即使是他的對手也多半對他尊敬三分。

不過，渥爾夫也並非沒有缺陷，譬如他喜歡女人，緋聞不斷，而過去東德物資缺乏，他常常要部屬從西方國家寄家具給他，只是還不到貪得無厭的地步，一些曾與他共事過的人對他的人格仍然給予一定的評價。

在西方，一般公認渥爾夫是目前所見最有效率的情報首腦，但也有人認爲他的方法過於簡單，了無新意；但不可否認他充分了解兩個分裂國家的特徵，擅於利用雙方不同的體制缺失，有計畫性地長期投資人力，在第一線上部署臥底人員，這些人長期住在西德，談吐穿著與西德人無異，他們利用一些移居他國的西德僑民地址，佯裝申報遷居回國，據目前資料顯示，共約三百人以此方法進出西德政府辦公室，而事實人數可能超過四百人，他們從不在家中使用電話，若有人跟蹤，他們的脫身技巧早已經過訓練，善於製造假象，混入人群。

當年在東德情報總管局，他手下管理的情報人員便有三千，大都是優秀的大學畢業生，當時東德許多人羨慕這項工作，使得錄取率低到千分之一，此外，他也收買了一些西德人爲他工作，反而這些人素質平平，沒有什麼表現。

一名已退休的前西德情報局主管回憶，過去由於東德對間諜防範嚴密，西德情報人員在東德幾乎無立身之地，而西德反間諜制度鬆散不健全，西德民眾缺乏保密防諜的觀念，東德情報人員在西德反而很容易生存，西德情報局遇到渥爾夫根本沒有招架之力。

前東德國家安全部是一個龐大複雜的機構，米爾克擔任部長，直屬於他的情報總管局，則由渥爾夫負責，米爾克外號叫「鋼筋頭」，他帶有強人色彩但卻僵化的領導，多年來並無重大表現。渥爾夫的情報事業卻做得有聲有色，米爾克也因此視渥爾夫爲眼中釘，一直抱有早除之爲快的念頭。不過渥爾夫也不是一盞省油的燈，過去，蘇聯對東德的影響力匪淺，渥爾夫在「莫斯科的朋友」相助之下，幾次內訌都平安度過。

渥爾夫一向對自己的身分保密到家，他在一九八二年才第一次公開露面，爲了參加他哥哥的葬禮，那一年他可能已經有意退休，然而他一直到八七年才正式卸職，當時他也「只有六十五歲」，比米爾克年輕；外界的說法是他自認鬥不過米爾克，所以才引身告退，但很多人都認爲他想見好就收，眞的有意退休。

即使在今天，資本主義對他而言，仍然只是一個意味著墮落、腐敗及相互利用的同義詞，他鄙視資本主義社會的繁榮，也沒有任何民主和人權的概念，不但絲毫不爲過去所爲感到後悔或遺憾，對當今法院給予的罪名更是不屑。

畢竟，當東德政權仍存在之時，效忠國家也是他個人的義務，一些德西專家也認爲，至少到目前還沒有證據顯示渥爾夫曾經有過顚覆西德政府的計畫或行動，就算眞有其事，很可能也是他工作要求之一，審判他是荒謬的，正如他咄咄逼人的一句「我到底背叛了哪一個國家」，審判一個已不存在的罪名，不但沒有太大意義，恐也早已太遲。他唯一犯過的最大錯誤，只不過出於他過分相信社會主義，然而，這是他的教育也是他的信仰，是無奈還是不幸，也許都只是命運一手安排。

（一九九二）

希特勒的一生

一個偏激的浪漫主義者，強調納粹的美感以及昔日亞利安人的榮光。一個私生之子，生活在羞辱與亂倫陰影下，一生追求的卻是「純淨的血統」與「高貴的種族」。

這個本世紀頭號殺人魔王、世界大戰的引爆者。誰想得到，這個曾撼動全球、驚懾歷史的魔頭，從小的志向竟是藝術家！

藝術家的夢沒圓成，日後，打著「重塑國家」、「改造人種」的極端愛國口號，竟找到了另一個偏峰歧徑、另一個天地山水，差點改寫人類歷史。他不只醉心於政治，他眞有興趣的是改造思想，他自認爲是人類的救世者，自擬宛如耶穌……沒有人知道爲什麼終其一生，希特勒會如此重視血統及痛恨猶太人，他認爲猶太人是人類最骯髒的血統，而亞利安人則是最高尚和純粹的血統。

心理學家認爲，希特勒之所以如此重視「乾淨的血統」，與他自己的血統「不太乾淨」有關。希特勒全家三代多爲亂倫的產物，他自己也與姪女嘉利有一段亂倫的關係。希特勒一輩子害怕髒亂和疾病，每天頻頻洗手，簡直像莎劇中的馬克白夫人。在集中營時代，他曾造訪過位於波蘭的一些集中營，每次都訓斥營裡的「消毒」工作做得不夠徹底，不夠快速！所謂的「消毒」工作，指的便是將猶太人處死，他要將所有的猶太人趕盡殺絕才罷休。希特勒崇尚古希臘文化，但他認爲，古希臘文化的優美與深遠影響，在蒙古入侵後就被毀壞無遺。他博覽群書，特別喜歡尼采與柏拉圖，他也試著將二者理論混合成他自己的哲學。

他特別擅長於表達自己，是一個非常成功的造勢專家，他曾和著名的戲劇演員私下上表演課，他一輩子只允許一個攝影家爲他拍照，他長期和這名攝影家在家裡對著鏡子擺姿勢，在數以萬計的照片中選出幾張可以公開的作品，他到垂死之前都還堅持別人使用那些照片。

身高一七五公分的希特勒不管在哪裡演講，他總是要人給他一只墊高的講台，他對人講話使用敬詞，但語調卻從不客氣。他有兩種聲音，一種是他演講時怪裡怪氣的吆喝，另外一種是他對女人說話溫柔的聲音。對於形象，更是刻意經營。他的衣服都是專家設計的；拍人像攝影時，他都要人模仿俾斯麥與德國獵犬合照的著名氣派。可以說，他爲了形象眞是找遍了德國歷史，但，他最後決定做他自己，留下他嘴上那剃成半截的招牌髭。

希特勒也是一位內行的宣傳專家，早年，他曾在廣告公司打過工，爲內衣內褲之類的產品寫過文案，他深諳促銷之道，他之所以在政壇這麼快竄起，主要是他早期遊說企業界的成功，獲得大企業家的支持和經援，他得勢後更加重視宣傳，聘專人做宣傳部長，職責是對全德人民進行無止無盡的納粹思想宣傳。

希特勒跟拿破崙或其他歷史上的征服者或獨裁統治者不太一樣的地方，是他並不只醉心於「統治」，他眞的有興趣的事業是改造人類的思想，再教育人類的思想。他自認是人類的救世者，自擬爲類似耶穌的角色。

但是，他的救世理論卻完全扭曲人性，建基於錯誤的種族偏見上，這正是其恐怖之處。他出身工人黨，因此熟悉對中下階級的思想教育，在亂世時期能蠱惑人心的最深層，他鼓動人性醜陋面，鼓勵群眾爲種族血統分級並樹立假想敵人，很受到低下無知階層者歡迎。

他去世至今已五十多年，但即使到今日，在歐陸仍擁有廣大的崇拜者。兩德統一後，德國經濟陷入大戰後最嚴重的衰退，失業率史無前例達到最高，一些不肖人士又再度相信：希特勒才是眞正的救世主，把猶太人，甚至土耳其人都當成德國的「蛀蟲」，必除之才有後望，「新納粹主義」因而死灰復燃。

希特勒不只在德國擁有眾多崇拜者，在歐陸，甚至美國、日本都有迷戀納粹思想的愛好者，原因恐怕不只爲今世爲亂世所能解釋。就像一位德國歷史學家說過，希特勒雖然在第一次世界大戰後「解救」了德國，然而，從此德國卻再也無法擺脫希特勒帶來的噩夢、一場人類的浩劫。

年輕時代的他，一心一意只想當畫家，但是在經歷參軍、入獄後，希特勒開始了「我的奮鬥」。奧地利人希特勒在一九三三年至一九四五年間統治德國，短短十三年間，他成爲本世紀世界政治舞台崛起的人物中，最富戲劇性及最具爭議性的一個。希特勒以其特有的領導和演說才能，高倡菁英主義（Elitism）和帶有強烈偏見的種族論，吸引廣大的德國群眾，之後，他將他的理論凝聚成所謂的「國家社會主義」（National Socialism）簡稱爲Nazism，中文譯爲「納粹主義」，並參考了印度、中國、埃及和希臘文化裡都出現過的古老圖案，予以轉化為納粹旗幟，五十年來，這個標幟卍已成為最廣為人知的標記，他不但成功地吸引無數群眾效忠於納粹黨，並發動了第二次世界大戰，導致德國再度戰敗，也導致日後東西德分裂四十五年。

戀母情結與藝術家夢

阿道夫．希特勒（Adolf Hitler）生於一八八九年四月二十日，出生地是奧地利一個叫龐瑙（Braunau）的小城，按照西方星象學，他是牡羊座最後一天出生的，擁有典型的牡羊座的特質，譬如：理想主義、衝動、自私、具有領導長才、個性堅持但後力不足，容易自我矛盾。

希特勒的父親是家庭亂倫所生下的私生子，性格嚴苛怪異，是一名海關職員，畢生對阿道夫的管教嚴格，近乎冷酷無情，因此希特勒的童年並不好過，常遭父親的鞭撻。不過，他的母親卻很愛他，希特勒因此十分崇拜他的母親，也許也有某種戀母情結，十八歲那年，他母親去世，這對他來說，是整個人生最大的悲劇轉折。

年輕時代的希特勒滿腔熱情，他一心一意只想當畫家，母親逝世那年，他決定投考維也納藝術專校，但是卻未遭錄取，當時的主考老師在看完他的作品後告訴他，他畫建築物還可以，畫人物完全不行，他的人像畫裡的人個個像木偶，主考老師並建議他去考建築學校。

報考藝術學校未被錄取，對當時的希特勒也是一大打擊，他連考兩次都沒被錄取，從此，他在維也納過著波西米亞式的生活。他在那段流浪漢的日子中鬱鬱寡歡、斯人憔悴，生活完全沒有任何目標，後來，他在他的自傳《我的奮鬥》（*Mein Kampf*）一書中也指出，在維也納的年輕時代，他是在痛苦中度過，那時，他最大的發現是他對猶太人恨之入骨。

一九二一年，希特勒來到了德國慕尼黑，他還沒放棄他的藝術家夢想，在一個裁縫家樓上租了一個小房間，白天則在路邊替觀光客畫素描，一天可賺一百馬克，在那時已經夠他生活之需，之後，他不但在路邊畫，還將一些素描整批的批發給觀光客常光顧的商店，已展現了他經營自己的才能。

在慕尼黑的頭幾年，年輕的希特勒除了鬻畫爲生外，平常的生活也安排得很充實，他幾乎天天到圖書館報到，隨時隨地書不離手，除了藝術外，他自修的項目非常廣泛，上自人文下至地理，無所不包，此外，他也喜歡戲劇，他每個禮拜固定會去看戲，不僅如此，他還自己編過舞台劇劇本，想要搬上舞台演出。另一方面，維也納藝術學校老師說得沒錯，希特勒逐漸也發現，他自己對建築學十分熱中，二十歲以後的希特勒夢想要建造全世界最高的大樓，這個夢想在他掌權之後果眞差一步要付諸實現，他在建築家亞伯希·倍爾的繪圖下，計畫在一九四〇與一九五〇年之間，建造一棟全世界最高的圓型摩天大樓，不但是聖彼得教堂的十七倍高，也比帝國大廈還高，後來因爲第二次世界大戰的關係，這個建築才沒有完成。

說來奇怪，一九一三年希特勒之所以到慕尼黑去，目的是爲了逃避兵役。沒想到，一年後，奧地利政府還是找上了他，要他回去當兵，他只好回去，只是奧國政府在健康檢查後卻不打算徵召他了，理由是身體衰弱。他返回慕尼黑後，沒有人知道爲什麼，希特勒卻突然參加德國巴伐利亞邦的募兵，代替德國去打第一次世界大戰去了，他甚至還在大戰中獲得了鐵十字勳章。

這次出征對希特勒而言，是無比珍貴的經驗，他在軍隊中簡直像找到家一樣高興，從此，變得不太一樣了。軍人的榮耀、團結、同心同德的美德，對他是十足美好可貴、意義不同凡響，他在軍隊的紀律中找到人生目標。

從第一次大戰出征後回來的希特勒，嚴重受傷，幾乎瞎眼，精神狀態快崩潰了，身體也大受影響，後來，終其一生他飽受腸胃痛之苦，他常常有脹氣及便祕的困擾，健康情況很不佳。

不管怎樣，德國在第一次世界大戰中戰敗了，喜歡軍隊的希特勒做下結論，德國之所以戰敗，原因有兩個，一是馬克思的共產黨理論不對，二是猶太人，是猶太人把德國人拖垮了。

竄起黑衫軍「打」出總理之路

第一次世界大戰後，德國處於威瑪共和時期，國內左派的共產黨人發動不成熟的革命，國外則必須聽命於戰後所簽訂的凡爾賽和平條約，政治情況極不穩定，這些原因促使希特勒決定從事政治，展現自己的才華。

一九一九年，他伺機在慕尼黑參加了一個社團叫「土樂團」（Thule），該祕密社團成立的起因是大家都恨猶太人。他們並共同成立了一個小政黨，這個規模很小的政黨叫德國工人黨（DAP），目的便是一起打擊所有的猶太人。當時，參加土樂團的人可都是有錢有勢的大老闆，憑著他三寸不爛之舌，希特勒短短時間之內便贏得社團人士的愛戴。由於希特勒在軍隊認識一些人，很快地，軍隊有人便要他在德國工人黨裡擔任內諜的角色。加入德國工人黨後，先只是普遍黨員身分，很快地便被擢升擔任宣傳部負責人和對外發言人，接著，他便被選爲領袖。隨即，他將德國工人黨改組叫德國國社黨（NSDAP），這個黨也等於是納粹黨的前身，由於他的領導才能，國家社會工人黨密集聚會，黨員和財力也愈來愈雄厚，爲了奪取政治權力，一九二三年，希特勒帶領國家社會工人黨發動一次起義，稱之爲「啤酒廳事件」，結果卻失敗了，十六個人身亡，他也因而被關進了監獄。

希特勒被判刑五年，不過他總共在監獄中待了九個月，而且一刻也沒閒著。他在九個月中完成了他的鉅著《我的奮鬥》，在這本書中，他闡述了他對政治的看法與理想，當然他也鉅細靡遺地描述了他從政後的施政方針。在書中他把猶太人列爲德國政治的病因，希特勒認爲，猶太人像寄生蟲一般，不斷地吸取所在環境的養分，必須斬草除根，國家才不會生病，社會才能眞正茁壯……這些荒謬的言論處處在《我的奮鬥》中可以找到，這本書後來果眞在納粹統治下付諸實行。

基本上，希特勒從政大致沿按該書內容，全書也是納粹黨及納粹主義最主要的依據。《我的奮鬥》這本書當時被稱爲「當代宣傳界中最具影響力的傑作」，後來則被批判成「二十世紀最惡名昭彰的一本書」。此書在第二次世界大戰爆發之前，僅在德國境內便銷售出五百萬冊。

隨著時局的逐漸惡劣，失業問題愈來愈嚴重，希特勒的國社黨卻反而在其中找到成功的可能性。在短短幾年中，他以驚人的組織力與宣傳力，結合大企業領袖的財力支持，很快便「脫穎」而出，而德國崇敬權威的民族性，更使得希氏的法西斯專制政權很快地便建立起來。

一九三〇年九月，該黨被選入國會，成爲第二大黨，在這段期間前後，希特勒已經成立了爲他效忠的黑衫軍（SS）、祕密警察（SA），這些祕密警察在街上見到猶太人就打，若有人不同意也一樣施以老拳，希特勒的街頭行動政策非常有效，到了一九三二年，國社黨已贏得大選，成爲第一大政黨，隔年一月三十日，希特被正式任命爲德國總理。

擔任總理後的希特勒，爲了鞏固權力，他先假借法律取消共產黨的存在，藉以消除納粹黨外圍勢力，他很快便解散所有的其他政黨，實行其納粹黨一黨獨裁統治。

針對他深惡痛絕的猶太人，他更是立誓必早日除之而後快。一九三五年，德國先是立法除去所有猶太後裔的德國國籍；一九三九年九月，德國以十八天的時間火速攻佔波蘭，在黑衫軍及蓋世太保首領希姆萊（Heinrich Himmler）的協助下，德國政府在佔領的波蘭境內大量開發集中營，不但關波蘭戰俘，並將歐陸各地搜捕來的猶太人以火車送至此處。身體衰弱或年紀老邁者立即處死，年輕力壯者才留下來為德國工業做苦工，歧視猶太人的各種暴力處置，前所未聞，已成為人類有史以來最恐怖的罪行。

相信自己是最偉大的軍事領袖

希特勒為了解決德國當時的經濟衰退及失業問題，訂立了一套經濟政策，他聘用了史夏特（Schacht）為經濟部長。史夏特不是別人，正是一九二〇年前後，恢復德國經濟奇蹟的經濟專家。他上任後，成功地帶動了整體德國經濟，下一步，就是戰爭了。

一九三七年十一月，希特勒召集了德軍將領，祕密地宣布了開戰的計畫，當時，很多人反對這項計畫，而這些反對者很快地便被去除職務，希特勒已下定必戰的決心。

他逐漸相信，自己是人類有史以來最偉大的軍事首領，一九三九年他佔領了波蘭，隨後攻法國，聲言討伐不公正的凡爾賽條約。一九四〇年，他軸線控制了北極到北非、法國至中歐的勢力，一時間，聲譽、勢力如日中天。

一九四〇年秋天，他首度在攻擊英倫時失利，隨即放棄進軍英國的計畫。轉而集中精力解決所謂的「終結猶太人計畫」（Final Solution of The Jewish Question），總共屠殺了歐洲各地總數約六百萬名的猶裔人士。

不肯宣布投降

一九四一年，希特勒按照原定的計畫出兵蘇俄，他先贏了許多場戰役，然而一九四一年冬天起，卻先後在莫斯科及列寧格勒踢到鐵板，從那年起，他的健康情形每下愈況，有時甚至必須靠打針維持，他也吸食古柯鹼和嗎啡，到了一九四三年中葉，他已沒有多少勝算可以打贏這場戰爭了，而他的納粹部下也早已偷偷將一些財產（有的是從猶太富商處搜刮而來的黃金和珠寶、有的是從猶太人嘴裡打下的金牙等）藏在山洞裡，等待戰爭結束。他先是在蘇俄慘敗，然後接著失去北非，而他在義大利的盟友墨索里尼也垮台了，一九四四年起，德國許多大城市遭受西方盟國炮擊，打得面目全非。

一九四五年，希特勒對戰爭不再抱什麼期望，但他仍不肯宣布投降，四月他任命杜尼茲（Doenitz）爲他的繼任者，並在四月二十八日與他的長期女友艾娃・布朗（Eva Braun）結婚，隨後於四月三十日在柏林的寓所自殺，結束了本世紀法西斯白色恐怖及第三帝國的統治。

一生愛過三個女人

希特勒一生愛過三個女人，一是母親，一是他的姪女，另一個女人則是他死前結婚的艾娃・布朗。他母親的早逝留給他對人生無限的悔恨，而他深愛的姪女嘉利爲他掌管家務，但比他年輕近二十歲的嘉利卻年紀輕輕便在他們的寓所裡舉槍自殺。由於愧咎感，希特勒從此改吃素食，更聲稱一輩子不打算結婚。

希特勒常宣稱，女人對他來說並不重要，男人對他才是生活的重心；他說的可能不完全是眞話，但至少代表了一些他的大男人主義思想。他說，男人世界比女人廣闊得多，女人的世界裡只有男人，她們整天心裡想著如何讓男人愛她們，男人則想著權力和知識，他們不需要女人，但是一個偉大的男人「應該」擁有情婦，甚至應該擁有好幾個情婦。

一九二九年，希特勒在巴伐利亞區修道院認識十七歲的艾娃・布朗，很快地便愛上她，雖然希特勒喜歡的是金髮巨胸的美女，但是艾娃・布朗卻是褐髮平胸。後來，艾娃・布朗染了金髮，也總是在胸罩裡塞滿手帕，以取悅「元首」。而他們約會時，常去看電影和野餐，但直到一九三一年，希特勒的姪女嘉利死後，艾娃・布朗才正式成爲希特勒的女朋友。

很多人可能想像不到，希特勒是一個非常有女人緣的男人，一輩子身邊總有許多仰慕他的女性，很多名女人甚至偷偷寫情書給他，或寄錢給他，不但如此，還有許多同性戀者私下說，他們深深被希特勒所吸引，「他的眼光令人無法抗拒」。不過，希特勒倒是對男人沒興趣，他只愛女人，尤其是十五歲到十八歲的小女生。他後來雖對外表示，艾娃·布朗是他唯一的女朋友，但是，他對艾娃並不忠實，常常背著她與其他的女人來往，他一生唯一的忠貞之愛是給了自己的姪女嘉利，在嘉利死後，他對愛情似乎別有詮釋，而艾娃卻一輩子只愛希特勒一個人，因此，她的一生活得很不快樂。

曾說過不結婚的希特勒在死前兩天，爲了報答艾娃一生無悔的愛，請來當時唯一還存在的衛生部長爲他們主持婚禮，當時俄軍已進軍柏林，十幾萬的柏林婦女遭到俄軍的強暴，以報復當年納粹軍在蘇俄的相同行徑，婚禮在炮聲隆隆中進行，爲了遮掩炮聲，希特勒還特別選了一首浪漫的歌曲，歌名是「紅玫瑰帶來幸福」。

即使希特勒死前完成了與艾娃·布朗的婚禮，但是艾娃·布朗一生都不快樂，她在日記上寫著，希特勒並不愛她，他只因爲性需要才和她在一起。無論如何，艾娃·布朗總是像個影子似地跟著希特勒，出現在許多不同的場合，她永遠無語地坐在一邊，等待著希特勒給她一些私人時間，雖然艾娃·布朗如此地不快樂，她還是追隨了他一輩子，在三十三歲那年，爲希特勒殉情，與他一起自殺。

（一九九五）

美國國防部長寫詩

這次盟軍攻伊戰事中，有兩個人物非常特別。第一個是極富戲劇天分的伊拉克前新聞部長哈夏夫，第二個人是出口成章滿口詩句的美國國防部長倫斯斐。

哈夏夫搞笑又嚴肅的風格，動輒宣稱美國人根本還離巴格達很遠，贏得歐陸反戰人士的同情，很快在歐洲吹成一股文化崇拜風尙，連市面上都可買到馬克杯或T恤，上面印了他戴黑色貝雷帽的照片和名言：We have everything in control!但倫斯斐呢？其實也很有比頭，在盟軍進駐巴格達後，四處都有趁機打劫，有記者詢問他此事，他的回答很妙：你看到（電視畫面）這裡（被偷的）花瓶，那裡花瓶，到處都是重複的花瓶，你以爲有一千個花瓶。你以爲遍地都有人在搶花瓶，其實只是二、三個畫面。

倫斯斐的戰事說項其實與哈夏夫的風格異曲同工。

倫斯斐寫詩，他不是在家裡書桌前寫，也不是在他的七四七波音空中辦公室，他在接受記者招待會上寫詩，他的詩便是他在記者會上針對記者問題的回答，都是公開對戰事的說明，「我們應該仔細讀。」美國作家哈特・西雷（Hart Seely）這麼說，西雷甚至將倫斯斐的詩與戰爭詩人William Carlos Williams和Frank Oíhara相提並論，他說倫斯斐最厲害之處是他使用遊戲般的語言精準地形容灰澀和黑暗的戰爭。西雷可能過譽，但倫斯斐精采的用詞遣句常能爲枯燥及緊張的五角大廈記者會增色不少，甚至笑聲連連。

譬如這一首〈*Glass Box*〉頗富人生機智，他以到處可見的抓玩具機器爲例，大談軍事行動的玄妙或捕捉恐怖分子的困難，你丟銅幣進去，相中玩具，但那機器雖然前去並且爲你抓取，但你卻始終得不到。但你太年輕了你可能不懂。以下的六行，他是在毫無準備的情況下接受記者提問所做的現場回答。

Glass Box（玻璃遊戲）

You know, it's the old glass box at the—At the gas station, Where you're using those little things
Trying to pick up the prize, And you can't find it. It's—
And it's all these arms are going down in there, And so you keep dropping it And picking it up
again and moving it, But—
Some of you are probably too young to remember those—Those glass boxes, But—
But they used to have them At all the gas stations When I was a kid.

哈特西雷等人認爲，倫斯斐以遊戲的語言談論戰爭或者死亡，不但少見且絕無僅有，値得在文學史上記上一筆。倫斯斐的「詩」目前已引起美國文壇的注意，且還有人專門爲他架設網站。那些話在記者會也許聽過了，並沒有特別的感受，但把它們獨立出來稱爲詩，並且框成一些生命之題，讀起來不但荒謬，仔細想想也會毛骨悚然。這下面一首懺悔最具代表性。

A CONFESSION（懺悔）

Once in a while,
I'm standing here, doing something.
And I think,
"What in the world am I doing here?"
It's a big surprise.

說這些話的人是鷹派的美國國防部長，是在二年半中主導二場戰爭的人，且他手上還有一套road map，在快速攻打完伊拉克後，民意大漲，他又開始警告敘利亞或伊朗，想一想，他的詩還眞是令人不安。

「台灣之子」克諾爾的《張氏宗譜》

不僅台灣，在德國也有一個人宣稱自己是「台灣之子」，他便是目前住在柏林的克諾爾（Benno Kroll），前一陣子台灣第一夫人訪問柏林時，他一大早便站在腦曼基金會門前等待她，並親自贈上一本他的家族故事《張氏宗譜》（*Der Clan der Changs*）。當時第一夫人欣然地收下了，但書以德文書寫，想必至今仍未打開來讀。

克諾爾今年七十六歲，早年學的是政治，曾任大型鋼鐵公司經理和迪斯可業者，很多年都是反社會的嬉皮人士，四十歲後決定從事新聞業，之後也因新聞報導獲得德國重要新聞獎項。克諾爾當時站在人群中等待台灣第一夫人時，絕對不會有人想到他也是「台灣之子」，他不但不會說中文，對台灣現況所知有限，且怎麼看都像德國佬。

克諾爾雙眼皮，小時候還有點丹鳳的線條，那是他身上唯一的中國標誌，長大後便逐漸遺失了。他一直到二十一歲那年才知道自己的父親是「中國人」，住在台灣，且他有六個同父異母的姊妹及兩位弟弟，克諾爾的母親是位德國與捷克混血的美女，二〇年代結識當時在柏林讀書的張果爲，隨後未婚生下克諾爾，戰爭時代，張果爲獲得福建財政廳長一職，決定返國，留下了私生子克諾爾，克諾爾的母親嫁給德國人後，卻從未將克諾爾的出身告知他。

克諾爾一直到三十四歲那年才第一次與親生父親見面，那是一九六一年。五年後，他父親在台灣正式將他登記爲親生兒子，在那之前，他已闖蕩了大半生，經歷過種種遭遇，旅行各地後，決定從事新聞記者工作。七〇年代起他爲德國新聞媒體撰稿，一九七八年還來過台灣訪問當時的總統蔣經國，克諾爾那時相當左派，對蔣的獨裁並不以爲然，但他父親卻因他訪問蔣經國深以爲傲，表示此舉是「張家的光榮」。

克諾爾的父親光緒二十六年生於魚米之鄉安徽，自幼聰穎過人，從小便是當地農村的小皇帝。稍長崇尚德國文史和經濟軍事，尤其景仰俾斯麥作爲，一九二七年來德讀書，從書上的照片看來，當時他風流倜儻，一表人才，應該會受到女性歡迎。張果爲返中國大陸後擔任國民政府要職，一九四九年隨國民黨政府遷台，任教台灣大學經濟系。

克諾爾爲了撰寫此書，於一九九九年特地前往中國安徽，他在安徽石弄庵尋回他在大陸的家人，並將這尋根經驗也記載入他的書中，當時張家親人便贈送他一本張氏宗譜。張家宗譜記錄了張家從唐朝起的家族分布，到今天，張家遍布美國、德國、台灣與中國大陸。克諾爾也常去美國拜訪自己的親戚和妹妹。

書名是《張氏宗譜》，副標題又是「一個德國人和他中國家庭的故事」，出版後在德國境內一度引起好奇，克諾爾也頻頻上電視脫口秀，克諾爾所寫的張家故事並非文學作品，而是一個奇異家庭的報導和紀錄，他本人因不諳中文，不但對父親、對整個家族的了解都得透過別人翻譯，使得這本跨越文化語言和社會的作品對中文讀者而言，洋溢太多異國情調，但克諾爾的新聞工作素養則使該書在交代歷史背景上嚴謹有序。

克諾爾在台灣第一夫人吳淑珍的柏林之旅中希冀一見，最希望的便是此書得以在台灣出版，以紀念他父親在天之靈。張果爲死後葬於台灣基隆，這裡爲他記上一筆。

性、謊言與通信集

這是一本令人難過的書。書中收錄了從一九〇六年至一九一四年間榮格與佛洛依德的通信，由McGuire收錄，因牽涉許多恩怨隱私，一直要等到七〇年代雙方子孫才共同同意出版。寫信的二人是現代心理學的先聲，通信集對研究心理學一些理論形成背景和歷史相當重要，透過這些書信的主題也可看出心理學的發展基礎。而我讀它，比較是出於對榮格的濃厚興趣。

心理學家不但洞悉人性，且凡事脫逃不了專業分析，作爲朋友或家人可能極難相處，要成爲無話不談的朋友更是不易。讀這些信，可以看到兩人天性的不同，從頭開始便可看到兩人在心理分析理論的分歧，兩人著重的價値與立場角度並不一樣。開始寫信時，佛洛依德發表了夢的解析已有六年，已成爲心理學的創始人和代言人，那時榮格才在蘇黎世一家醫院進行他第一個心理醫師工作，開始發表論文，他凡事去信向佛洛依德訴說，佛氏也非常欣賞他，很快便把榮格視爲他的接班人，二人有一段猶如父子的友誼關係。

一直到一九一三年一月三日，佛洛依德在最後一封信上寫：我建議我們完全放棄二人的關係。

通信集時而進入瑣碎的細節，時而轉往只有二人清楚的交談焦點，但我更注意的是二人之間的情感衝突。其中最大的事件應該是佛洛依德的三角關係。佛洛依德與其妻妹敏娜·貝內絲（Minna Bernays）有染，而後者相當爲情所擾，在一九〇七年三月榮格第一次去維也納拜訪佛洛依德時，敏娜便一五一十地告知榮格，敏娜深受道德譴責，按照貝內絲的說法，佛洛依德十分愛她，榮格當時對此事相當震驚。

讓榮格吃驚的還在後面。兩人分道揚鑣五十年後，榮格才對外表示，當年二人彼此常爲對方分析夢境，那時的佛洛依德也相當爲一些夢境苦惱，那些夢和妻子及妻妹有關，佛洛依德並不知道榮格已經知道實情，當他告訴榮格夢的內容，而榮格問他和妻妹的關係如何時，佛洛依德很不高興地挖苦道：我可以告訴你更多，但這有損我個人的權威！據榮格後來的回憶，這件事是他們友誼破裂之兆始。

另外一個衝突是榮格的情人史碧爾埃，她是榮格的病人，原患有歇斯底里症，榮格在診治她時與她發生情感，榮格在那些年中把兩人的事告訴佛洛依德，後來一九〇八年榮格決定分手，史碧爾埃選擇跨入心理行業，並與佛洛依德通信。佛洛依德後來要求史氏要完全避開榮格的影響。

此書有關性與謊言。兩位大師交往愈深便愈無法眞誠來往，不但佛洛依德，榮格也說了謊。榮格說謊的原因是因爲他知道自己的理論已與佛氏有別，因此不想讓對方知道他的夢境。榮格有一陣子潛心研究星座學，每個晚上花時間排星座圖，此事遭佛氏攻擊嘲笑，他最後也選擇不多說。

這本書讓我感受到的仍然是人生的重量和陰影。

一個令人難為情的名字

這個女人的名字大約百分之九十九點九的德國成年男人都知道，其中，至少有一半以上的人口曾經是她的顧客，儘管絕大多數的男人並不希望外界知悉。琵雅特·伍絲（Beate Uhse）這個名字，改變了德國男性社會的次文化，而這個名字象徵的正是性與色情。

琵雅特·伍絲是一個女人的名字，也是一家股票上市的色情商品總經銷商。伍絲在將近五十年前成立了琵雅特·伍絲公司，今天已是德國境內營業額最大的公司之一，不但在德國便有幾百家公司，在歐洲其他國家也都設有分公司，連幾個大機場免稅街都看得到招牌，影響男性的性消費行爲甚巨，也直接衝擊歐洲社會傳統的性愛價值觀。

一九四三年，伍絲十七歲，出身醫生世家的她，當時便展現其「爲所欲爲」的個性，她不但擁有飛行執照，在二次大戰時期，她更是在前線擔任戰鬥機駕駛員。戰後，伍絲成爲寡婦，在當時戰敗的德國，各界貧困潦倒，任何人家都不敢輕易生育孩子。伍絲的機會來了，由於德國長期遭封鎖，對避孕新知毫無所知，伍絲立刻成立了出版社，她印行簡單易讀的避孕手冊，該書很快地便風行全德國，伍絲開始其下一步：販售當時仍未廣爲人所接受的保險套。

早在六〇年代，伍絲便隻身飛赴美國，當時美國甫開始孕育發展直效行銷策略，伍絲將美式行銷觀念引進她名下公司，她很快了解，性和色情行業必須具備一定的隱密性，才能吸引更普遍的大眾，因此，伍絲很早便開始其色情商品的郵購服務，該公司的營業額瞬間以驚人數字成長。

一家接一家的琵雅特·伍絲公司陸續在德國及歐洲各地開幕，八〇年代，伍絲眼見愛滋病將成爲世紀性恐慌，她及時又加以運用成行銷策略，她利用現代人對愛滋病的疑懼，推出一系列的塑膠色情娃娃等性產品，宣稱可以享受「無病無害、沒有危險、有趣的性生活」。

琵雅特·伍絲雖然垂垂老矣，但她的公司營業額經年累月皆能不斷成長，她是一個活力充沛、喜歡雄辯的女人，較早之前常常上電視節目與思想保守的道德論者爭論，她堅持性生活是人類應享有的生活樂趣，認爲開設性產品商店是「造福人群」，年近八十時，仍在電視機前坦承，「我有時也會召男妓」，圍繞她身邊的男人有的年紀都可以做她孫子。

琵雅特·伍絲也愈走愈遠。九〇年代開始，該公司大量投資色情電影，甚至進一步經營色情場所及電話色情服務，似乎只賣情趣商品還不過癮，使得其顧客群的水平開始走下坡，但不管喜不喜歡她，百分之五十的成年男性都曾經是琵雅特·伍絲的顧客，購買的情趣商品以按摩棒、色情娃娃等最爲廣泛，光顧琵雅特·伍絲的女性顧客仍大幅低於男性，所以琵雅特·伍絲近年以性感內衣郵購等柔性手段接近女性顧客。

雖然「性愛無罪」，然而放眼今日社會，不當色情風氣四處充斥，與性商品廉價化、普遍化，仍有一定的關係，琵雅特·伍絲不再出現於媒體，一來體弱多病，再者她也明瞭今日歐洲社會對情色的看法已經與過去不同。尤其在比利時慘絕人寰的變態虐童狂活活餓死小女孩後，歐洲警方查禁色情產品的尺度更趨嚴格，琵雅特·伍絲不敢再亂放話或大做廣告了，這個五十年來風行德國的名字已逐漸成爲一個貶抑名詞。

達賴談身外物

「告訴你一個小祕密：我的鞋子和襪子都是別人送的，我從來沒花錢買過。」達賴喇嘛很認眞地告訴我，然後，他一如以往地哈哈大笑。

多年來，達賴喇嘛爲了爭取西藏的人權及自由，風塵僕僕地奔波於世界各地，但無論他出現在任何場合，他總是一席赭紅色的袈裟，會見總統元首也好，主持金剛大灌頂亦然，赭紅色配黃色的無袖袈裟已成爲達賴喇嘛的標誌。

仔細觀察達賴喇嘛的一身，不難發現，除了一席傳統佛教袈裟，他身上還有其他身外物：眼鏡、皮鞋以及腕錶。幾年來，與達賴見過多次面，對他的印象如沐春風，對他的言談更感景仰，不知爲何，他所穿的鞋子始終吸引著我的目光。

不同於大乘佛教和尚的布鞋，也不同於耶穌當年的涼鞋，達賴喇嘛總是穿西式的皮鞋，曾問過他：爲什麼選西式皮鞋？達賴笑著說：「妳可以說這是『現代化』的影響，我是一個現代化的和尙。」事實上，達賴不是在開玩笑，他說的是事實，作風現代化的達賴喇嘛會說英語，他不但了解世界政治並且尊重不同的區域文化，他開明而幽默，凡事都可侃侃而談，居家的他早餐吃玉米片，起居室裡也有運動健身器。

達賴喇嘛說他目前有八雙鞋，他並不知道他自己的尺寸，因爲他的鞋襪都是別人贈送，「尺寸號碼大約是四十吧」，達賴的隨身助理這麼猜測。除了正式的皮鞋，達賴也有美式輕便皮鞋，我想，達賴喇嘛並不重視小節，有時，他連鞋帶都沒繫上。關於襪子，那也都是別人送的，「雖然這一切都只是身外之物」，但達賴不喜歡黃、綠和藍、白色，雖然也常有人送他黃色的襪子。

談到手錶，達賴說：「這是我唯一的人格弱點。」達賴喇嘛有蒐集手錶的嗜好是眾所周知的事情，「許多朋友因此送我手錶」，像美國前總統羅斯福便送過他一只全金的PATEK PHILLIP，以前達賴曾喜歡過也用過懷錶，後來他覺得不方便，改戴手錶，他目前手上所戴的手錶是伊斯蘭AGAKHA親王所送。達賴喇嘛從小便喜歡手錶，他蒐集許多老舊的名牌手錶，他也經常贈送別人手錶，他的隨身侍衛有一次便獲贈一只老舊的勞力士錶，但是過一陣子，那錶突然壞了，隨身侍衛當然很難過，他難過的並不是手錶壞了，而是達賴送給他的手錶對他來說是無比的福分，達賴知道後，便將錶取了回來，送到瑞士原廠修好它，再還給他。

達賴喜歡手錶其實與他精通機械學原理有密切關係。當他還是個十來歲的孩子時，他便展現出驚人的拆裝機械的才華，他當時在不諳外語的情況下，不必參考資料便可以將整部攝影機拆下再安裝回去，令人嘖嘖稱奇。有一段時間，他喜歡拆裝手錶，他也有個修理手錶的工作室，現在，達賴喇嘛沒有太多時間，也因此，他逐漸將他的手錶送給需要的人。

是巧合抑是輪迴的注定？達賴喇嘛的前世達賴喇嘛十三世也是個手錶迷，達賴喇嘛十三世也蒐集手錶，他的興趣是蒐集手錶和念珠，與今天的達賴喇嘛十四世一模一樣，而且他們兩人都穿西式的皮鞋。

國家圖書館出版品預行編目資料

我不喜歡溫柔／陳玉慧著.－－初版.－－臺北市：大田出版；臺北市：知己總經銷，民93
面；　公分.－－(智慧田；060)

ISBN 957-455-758-8(平裝)

855　　93017816

智慧田 060

我不喜歡溫柔
作者：陳玉慧
發行人：吳怡芬
出版者：大田出版有限公司
台北市106羅斯福路二段79號4樓之9
E-mail:titan3@ms22.hinet.net
http://www.titan3.com.tw
編輯部專線（02）23696315
傳真（02）23691275
【如果您對本書或本出版公司有任何意見，歡迎來電】
行政院新聞局版台業字第397號
法律顧問：甘龍強律師

總編輯：莊培園
執行主編：林淑卿
企劃統籌：胡弘一
美術設計：純美術設計
校對：陳佩伶／余素維／陳玉慧
印製：知文企業（股）公司・(04)23581803
初版：2004年（民93）11月30日
定價：新台幣 200 元

總經銷：知己圖書股份有限公司
（台北公司）台北市106羅斯福路二段79號4樓之9
電話：(02)23672044・23672047・傳真：(02)23635741
郵政劃撥：15060393
（台中公司）台中市407工業30路1號
電話：(04)23595819・傳真：(04)23595493

國際書碼：ISBN 957-455-758-8 /CIP:855/93017816
Printed in Taiwan

廣	告	回	郵
北區郵政管理局登			
記證北台字11049號			
免	貼	郵	票

大田出版有限公司　編輯部收

地址：台北市106羅斯福路二段79號4樓之9

電話：（02）23696315-6　傳真：（02）23691275

E-mail：titan3@ms22.hinet.net

*請沿虛線剪下，對摺裝訂寄回，謝謝！

地址：..

姓名：..

TITAN
大田出版

智　慧　與　美　麗　的　許　諾　之　地

＊請沿虛線剪下，對摺裝訂寄回，謝謝！

閱讀是享樂的原貌，閱讀是隨時隨地可以展開的精神冒險。

因爲你發現了這本書，所以你閱讀了。我們相信你，肯定有許多想法、感受！

讀 者 回 函

你可能是各種年齡、各種職業、各種學校、各種收入的代表，
這些社會身分雖然不重要，但是，我們希望在下一本書中也能找到你。

名字／＿＿＿＿＿＿＿＿ 性別／□女 □男　出生／＿＿＿年＿＿＿月＿＿＿日

教育程度／＿＿＿＿＿＿＿＿＿＿＿＿

職業：□ 學生　□ 教師　□ 內勤職員　□ 家庭主婦
□ SOHO族　□ 企業主管　□ 服務業　□ 製造業
□ 醫藥護理　□ 軍警　□ 資訊業　□ 銷售業務
□ 其他 ＿＿＿＿＿＿＿＿＿＿

E-mail/＿＿＿＿＿＿＿＿＿＿＿＿＿＿＿＿電話/＿＿＿＿＿＿＿＿＿＿

聯絡地址：＿＿＿＿＿＿＿＿＿＿＿＿＿＿＿＿＿＿＿＿＿＿＿＿＿＿＿＿

你如何發現這本書的？　　　　書名：我不喜歡溫柔

□書店閒逛時＿＿＿＿＿書店 □不小心翻到報紙廣告（哪一份報？）＿＿＿＿＿＿

□朋友的男朋友（女朋友）灑狗血推薦 □聽到DJ在介紹＿＿＿＿＿＿＿＿＿＿

□其他各種可能性，是編輯沒想到的＿＿＿＿＿＿＿＿＿＿＿＿＿＿＿＿

你或許常常愛上新的咖啡廣告、新的偶像明星、新的衣服、新的香水……
但是，你怎麼愛上一本新書的？

□我覺得還滿便宜的啦！ □我被內容感動 □我對本書作者的作品有蒐集癖
□我最喜歡有贈品的書 □老實講「貴出版社」的整體包裝還滿 High 的 □以上皆非 □可能還有其他說法，請告訴我們你的說法

＿＿＿＿＿＿＿＿＿＿＿＿＿＿＿＿＿＿＿＿＿＿＿＿＿＿＿＿＿＿＿＿＿＿

你一定有不同凡響的閱讀嗜好，請告訴我們：

□ 哲學　□ 心理學　□ 宗教　□ 自然生態　□ 流行趨勢　□ 醫療保健
□ 財經企管　□ 史地　□ 傳記　□ 文學　□ 散文　□ 原住民
□ 小說　□ 親子叢書　□ 休閒旅遊 □ 其他 ＿＿＿＿＿＿＿＿＿＿

一切的對談，都希望能夠彼此了解，否則溝通便無意義。
當然，如果你不把意見寄回來，我們也沒「轍」！
但是，都已經這樣掏心掏肺了，你還在猶豫什麼呢？
請說出對本書的其他意見：

大田出版有限公司編輯部 感謝您！